小学館文庫

# 大阪マダム、後宮妃になる！

## 四題目は銀朱科挙立志編

田井ノエル



小学館

Osaka Madame Kokyu-hi ni naru

# 目次



大阪マダム、後宮妃になる!
四題目は銀朱科挙立志編

# 登場人物

大阪マダム、後宮妃になる!

四題目は銀朱科挙立志編

Osaka Madame Kokyu-hi ni naru
CHARACTERS

**天《てん》明《めい》（亮《りょう》）**
凰朔国の皇帝。

**典《てん》嶺《れい》**
凰朔国の前帝。故人。

**秀《しゅう》蘭《らん》**
凰朔国の皇太后。天明の実母。

**乍《さく》颯《そう》馬《ま》**
天明の腹心の部下。

**最《さい》黎《れい》**
天明の兄。故人。

**齊《さい》玉《ぎょく》玲《れい》**
先帝の貴妃。最黎の実母。

**白《はく》璃《りー》璃《りー》**
玉玲の従者。

**遼《りょう》博《はく》宇《う》**
天明と対立する貴族の筆頭。

**遼《りょう》紫《し》耀《よう》**
遼家の養子。

**鴻《こう》柳《りゅう》嗣《し》**
蓮華の父。礼部尚書。

**李《り》舜《しゅん》巴《は》**
礼部尚書の侍郎。

**劉《りゅう》清《せい》藍《らん》**
禁軍総帥。劉貴妃の兄。

# 正一品

**鴻《こう》蓮《れん》華《か》（鴻徳妃）**

豪商の令嬢。
前世の記憶を持つ。

**陳《ちん》夏《か》雪《せつ》（陳賢妃）**

大貴族の令嬢。

**劉《りゅう》天《てん》藍《らん》（劉貴妃）**

将軍の家系・劉家の娘。

**王《わん》仙《せん》仙《せん》（王淑妃）**

新興勢力・王家の娘。

**朱《しゅ》燐《りん》**

蓮華の侍女。

**陽《よう》珊《さん》**

蓮華の侍女。

**傑《けつ》**

王仙仙の侍女。

**郭《かく》露《ろ》生《せい》**

女官。

**黄《こう》英《えい》翔《しょう》**

仮面を着けた学生。

# 入学式　大阪マダム、出番……なし!?

一

不思議と憎悪の感情はわいてこなかった。

憐《あわ》れみ、ではない。ただただ、無に近いなにかが、秀蘭《しゅうらん》の心に沈んでいる。壺《つぼ》の底にできた澱《おり》のごとく、濁った感情だ。

ここ水晶殿《すいしょう》は後宮の片隅にあるが、妃《きさき》は入っていない。

本来、伝染病を患った者を隔離する施設である。他者が近寄らぬよう、庭は高い塀で囲われていた。

だが、今の水晶殿には病人がいない。

否、隔離すべき者という意味では同じか。

「斉玉玲《さいぎょくれい》」

秀蘭は静かにその名を呼んだ。

すると、対峙《たいじ》する女性——玉玲が身を震わせた。目は伏せたまま、唇を引き結んでいる。

かつて、後宮において貴妃《きひ》の位にあった女だ。正一品《しょういっぽん》となり、最黎《さいれい》皇子を産んでいる。遼《りょう》家という後ろ盾もあり、秀蘭が現れる前の後宮で権勢をふるっていた。

妃としての彼女は、秀蘭の敵であった。

玉玲は、天明《てんめい》に毒を盛った女だ。秀蘭の産んだ、たった一人の皇子を騙《だま》し、殺そうとした。その事件をきっかけに、天明の運命は大きく変わってしまう。

許す、許さぬの問題ではない。

殺さねば、殺される。

ここにいる女は秀蘭にとって、そういう存在だった。

「お久しゅうございます」

玉玲は、ようやく口を開いた。か細い声を絞るように出している様は、健気《けなげ》とも言えよう。

秀蘭はそんな玉玲を冷ややかに見据えた。

「天明と鴻徳妃《こうとくひ》に感謝するのですね。彼らの庇護《ひご》下でなければ、私はこの場であなたを殺していましたよ」

いまさら、憎悪はわかぬが、殺すと告げるのには躊躇《ためら》いはない。部屋の隅でひかえる従者が動揺するのが見てとれる。

が、秀蘭は率直な感情を口にしたまでだ。

「はい、承知しております。皇太后」

玉玲の声は小さいが、受け答えはしっかりとしている。

「私は、主上《しゅじょう》と鴻徳妃に生かされているだけ。そうでなければ、とうに自刃しておりました」

やっと、玉玲が視線をあげた。

「ですから、ここで皇太后に殺されたとしても、私は恨みませぬ」

花のように繊細で弱々しい見目に反して、瞳には光が宿っていた。前帝の後宮にいたときは、もっと虚《うつ》ろで人形のような女だと思っていたが……彼女になにがあったのか。しかし、その答えは明白でもあった。

「そうしたいのは、山々ですが――」

玉玲の言うように、殺してしまおうか。秀蘭は、一瞬考える。

しかしながら、別の影が脳裏を過《よぎ》り、秀蘭は唇に弧を描いた。

「やめておきましょうか。私も、鴻徳妃には借りがございますから」

鴻徳妃――豪商、鴻家の令嬢で、後宮の妃となった。名を蓮華《れんか》という。

蓮華は不思議な力を持っている。見る者を虜《とりこ》にし、飽きさせない魅力だ。周囲に妙な活力を与える……女性としての色香は些《いささ》か乏しいが、彼女によって変わった人間は数知れなかった。

天明も、その一人だ。本人の意に反して皇帝となった天明は、女好きの無能を演じ、秀蘭に政《まつりごと》をまかせてしまっていた。それが蓮華と関わったことにより、政への姿勢が変わったのである。

蓮華は、秀蘭と天明に和解の機会をくれたのだ。

玉玲の陰には、秀蘭および、皇帝に即位した天明の敵がいる。古くからの貴族たちをまとめあげる、遼博宇《はくう》だ。彼の命令で、玉玲は罪を重ねてきた。

前帝の時代に犯した罪ばかりではない。此度《こたび》も、国の事業である漫才舞台を妨害しようとして捕縛されている。その行いは到底許せるものではなく、死罪に相当するものであった。

けれども、鴻蓮華は玉玲も救ってみせたのだ。

蓮華は優しい女だ。どうしようもないお人好《ひとよ》しで、根っからの善人である。

秀蘭には到底真似《まね》できない。そのお人好しが皇帝である天明を動かし、玉玲をこの水晶殿に隠すことになったのだ。

無論、玉玲を匿《かくま》うことに、秀蘭は反対した。

いくら蓮華や天明の気持ちだと言っても、許可できるはずがない。彼女は罪を重ねている。秀蘭は玉玲を許せなかった。

だが、玉玲は鍵となる存在だ。

玉玲は、重大な秘密を抱えていると、天明は考えていた。遼博宇を追い落とす、あるいは、天明の盾となる……なんらかの情報を持っているのが明白だ。そう説明されてしまえば、秀蘭は許可せざるを得ない。

玉玲を救うという天明の判断が毒となるか、薬となるか、諸刃《もろは》の剣《つるぎ》である。

秀蘭は受け入れ、天命を待つほかない。

「本日も、鴻徳妃が来てくださいました」

玉玲の口元が少しだけ緩む。緊張した空気は変わらぬはずなのに、彼女の名を出すだけで和らぐのが不思議だった。

「あの方がいるだけで、場が明るくなりますね」

そういえば、かすかに甘く刺激的な匂いが残っている。蓮華の作る、お好み焼きだろうか。あれは美味だが、衣類に香《か》が移る。目の前になくとも、大いに食欲がそそられた。

「ならば、秘密を話したらどうですか。鴻徳妃は忙しいのですよ」

蓮華はとにかく忙しい。後宮の妃でありながら、珍しい商売を行っている。そればかりか、縞《しま》の袍《ほう》服をまとって野球という遊戯まで広めていた。女人ながら文化芸術にも造詣が深く、漫才の劇場公演まで成功させている。

正妃《せいひ》となれば、必ず後世に名を残す女傑であろう。

絶えず後宮の内外を忙《せわ》しなく飛び回っている。玉玲のもとへ足を運ぶ暇《いとま》も惜しいはずだが……そこが蓮華という妃だ。自分の時間を割いてでも、他者のために動いてしまう。

「……なにも知りませぬ」

玉玲はしおらしく目を伏せて、唇を引き結ぶ。

後宮にいるころから、秀蘭はこの顔が苦手だった。玉玲は黙るとき——なにかを隠すとき、悲痛そうな表情をする。本人に自覚はないのだろうが、こちらが一方的に責め立てているような気にさせるのだ。

「あなたも、私も……なによりも守りたいものは、同じでしょう?」

玉玲が秘密を抱えるとすれば、秀蘭と同じ。

なによりも大切で、我が身を犠牲にしてもいい。そういう存在は限られている。

秀蘭であれば、天明。悪女などと囁《ささや》かれようと、構わない。我が子の命を守るために、秀蘭は最黎皇子を殺した。そして、天明を皇帝の位に就けたのだ。

秀蘭は玉玲を憎んでいるが、玉玲もまた、秀蘭を憎んでいるだろう。玉玲の子である最黎皇子を殺したのは、秀蘭なのだから。

決して相容《あいい》れないし、馴《な》れあう気もなかった。

「二人きりだと、駄目ですね。どうしても、あなたを許せない」

秀蘭は立ちあがり、玉玲に背を向ける。

玉玲が戸惑っているのが、空気だけで伝わった。

「鴻徳妃か天明にでも呼ばれたら、また来ましょう。それなら、いくらか気分も紛れるから」

許せそうにはない。

交わりたいとも思わない。

しかし、痛いほど理解はできてしまう。

だからこそ、始末が悪かった。

秀蘭が退室すると、外で待っていた自分の従者があとに続く。そうして、秀蘭は水晶殿を出るまで、うしろをふり向かなかった。

なのに、脳裏には玉玲の顔が浮かぶ。秀蘭を見送って途方に暮れる彼女の様子が、手にとるように想像できた。

立場がちがっていたならば……もっと、別の機会に出会っていれば、もしかすると、わかりあえたかもしれない。

同じ、子を想《おも》う母親として――。

# 二

なんとも退屈な盤面か。

つい、そう漏らしそうになったので、紫耀《しよう》は視線を庭へ向けた。

こうして義父と碁を打つのは、退屈凌《しの》ぎにすらならない。その心を反映したかのように、庭の景色も代わり映えがしなかった。

基本的には、義父に花を持たせる。競り合っていると勘違いさせ、最後には負けてやるのが礼儀だ。しかし、あまりに露骨だと悟られるため、ほどほどに勝っておく必要もある。大切なのは、「相手を負かした」という満足感を得させることである。

今日はとくに機嫌が悪そうなので、適当に負けてやったほうがいい。

「主上は、すっかり毒されてしまったな」

そう、悪態をつく義父——遼博宇に、紫耀は言葉を返さなかった。返答せずとも、一方的に会話が続くと知っているからだ。求められているのは返答ではなく、従順な木偶《でく》であった。

紫耀は同意する意味で、ふっと口元に笑みを貼りつける。

笑うと目元が母や兄と似てしまうらしい。普段から笑顔のときは口元だけと決めていた。そのせいで、薄情で白々しい人形などと勘違いされることもある。

心外だな。僕は薄情でも、人形でもないのに。

膝のうえに、なにか温かいものがのった。

遼家の飼い猫である。名前を明明《みんみん》という。

妙に懐いた黒猫の頭を、紫耀は左手でなでてやった。生き物の頭部が、片手におさまる心地に、少しばかり退屈が紛れる。

「新たな官吏登用制度、受験者に家柄も性別も問わぬとは……宮廷に名なしの芥《ごみ》でも増やそうというのか。ただでさえ、野心家で身の程知らずな宦官《かんがん》どもが跋扈《ばっこ》しておるというのに」

皇帝、天明によって導入されようとしている、新しい官吏登用制度に不満があるようだ。ここのところ、ずっと同じ不平を漏らしているので、聞き飽きた。

紫耀は軽く考えるふりをした。

「とはいえ、資格を有していたところで、官吏の水準に届かぬ者が大多数でしょう。勉学には相応の金がかかります。ゆえに、自然と受験者は教育を受けられる上流階級に偏りましょう。よくて、商家などの庶民が限度かと」

そんなもの、数回の試験が行われれば市民たちも理解するだろう。自分たちに、入りこむ隙間などないのだ、と。

逆に紫耀は、この壁を天明がどう越えるつもりなのかという点に興味を持った。現状では、運用したところで、天明の描く形とはならぬ。

まず、自分ならば――と、考え、紫耀は盤面に視線を落とす。

「ああ……」

いけない。勝ち越していた。

遼博宇が悩ましげに顎をなで、勝ち筋を探している。しかし、ここから負けようと思うと、かなり不自然になってしまうだろう。

紫耀はやはり、口元だけに笑みを浮かべた。息をつきそうになるが、堪《こら》えておく。余計なことを考えぬのが吉だ。

紫耀は頭の中で旋律を思い浮かべる。幼いころより、おぼろげに頭に残る歌だ。子守歌であることだけは知っていた。無意識のうちに、指先でとん、とん、と、拍子をとる。

こうしていると、幾ばくか心が静まるのだ。

# 運動会　大阪マダム、背中を押す！

## 一

「は――――。関西人やからって、いっつもいっつも、ネタ振りなしにおもろいこと言うと思ったら、大間違いやで！」

机をダンッと叩《たた》いて、鴻蓮華は喚《わめ》き散らした。凰朔《おうさく》国随一と謳《うた》われる豪商、鴻家の娘にあるまじき叫びである。ましてや、後宮で皇帝から寵愛《ちょうあい》を受ける徳妃としても、本来あり得ぬ。

けれども、周囲の人間にとって、これが蓮華の日常。ゆえに、机を挟んで立つ侍女の陽珊《ようさん》は、肩を竦《すく》めるのみだ。

「誰が呆《ぼ》けろと申しましたか。漫才脳もたいがいになさいませ」

「陽珊、大阪《おおさか》弁殺したままツッコめるようになってるやん……」

訛《なま》りひとつないツッコミを駆使する陽珊に、蓮華は称賛の拍手を送った。

陽珊は得意げな表情で腰に手を当てる。

「当然にございます。いつまでも、お訛り遊ばしている蓮華様とはちがい、私は学習するのです」

ふふん、と誇らしげな仕草が若干、漫才のノリなのは……指摘しないほうがいいだろう。

「それよりも、お仕事は山ほどございます。目を通していただきたい書類がこんなにも。さくっと、確認して判を押してくださいませ！」

陽珊は、バンッバンッと机に積まれた紙の束を叩いた。分厚い報告書から、くるくる巻かれた竹簡《ちくかん》まで様々だ。

「全部、蓮華様の許可が必要なのです」

そう言われ、蓮華は目を泳がせる。

これらは、すべて蓮華がはじめた事業であった。

蓮華は商家の娘として後宮の妃になったが、皇帝の天明と契約を結び、商売など好きにさせてもらっている。

まずは、粉もんを広めるために、たこ焼き屋（蛸《たこ》なし）と、お好み焼き屋を開業した。こちらは軌道にのって順調なので、近々、市井にチェーン店を展開する予定となっている。つまり、忙しい時期だ。

次に、後宮で野球を流行《はや》らせた。後宮内での野球人口は増える一方。ついに、後宮リーグ、通称、コ・リーグを開幕するにいたっている。行事のたびに、試合を開催した甲斐《かい》あって、野球ブームは後宮の外へも波及する勢い。つまり、こちらも忙しい時期だ。

また、国家事業として漫才舞台を執り行った。観劇に馴染《なじ》みがない市民にも、笑いなら受け入れてもらえる。その目論見《もくろみ》は当たり、舞台は大成功。凰朔国の都、梅安《ばいあん》では前代未聞の劇場旋風が巻き起こっている最中だ。漫才を公演する劇団が増えたばかりではなく、以前から人気の高かった悲劇や歌劇などの客足もあがっているという話である。つまり、やはり忙しい時期だ。

そう。蓮華の行っている事業は、どれも実を結んでいる。

もちろん、タコさんウィンナーなどの失敗もあるが、結果的には多大な利益を生んでいた。

蓮華がこれだけの事業をこなしているのは、ひとえに前世の記憶があるからにほかならない。

鴻蓮華は、十四歳まで病気がちな深窓の令嬢で、蝶《ちょう》よ花よと甘やかされていた。だが、謎の高熱で倒れたのをきっかけに、前世の記憶が蘇《よみがえ》ったのである。

それは、ここことは別の世界。日本という国の大阪で生まれ、大阪で育ち、大阪で死んだ記憶。前世の蓮華は、コテコテの大阪人であるオカンに女手ひとつで育てられ、清く逞《たくま》しい女性を目指していた。

観光客向けの居酒屋たこ焼きチェーン店の雇われ店長となり、赤字をV字回復させたり、飲み屋で阪神タイガースの試合を観戦したり、スーパーの特売戦争を制したり、充実した日々であった。

けれども、阪神《はんしん》タイガース悲願の優勝を決めた日、蓮華の人生はいったん幕を閉じたのだ。

蓮華は……道頓堀《どうとんぼり》へ投げ入れられそうになったカーネル・サンダースの代わりに落ちて死んだのである。溺死だった。泳がれへんかった。

それでも、蓮華は後悔していない。一九八五年の優勝で、カーネル・サンダースが投げ入れられてから、阪神は暗黒時代に突入したのだ。あんなものをくり返してはならなかった。下手したら、今度は大阪が呪われたかもしれない。それを防げたのならば、本望だ。知らんけど。

蓮華が行っている事業は、所詮、前世の真似事《まねごと》だ。

だが、それで笑顔になる人がたくさんいる。

これより嬉《うれ》しいものはない。

とはいえ、誰がこんな量の書類を、毎日毎日チェックしたいと言った？　蓮華は、机に視線をもどして息をついた。

「せやかて、判子押すだけやん……屋台のほうは、もうほとんど陽珊にまかせとるんやから、いいようにやってくれたらええし。野球だって、ほぼ傑《けつ》が取り仕切ってる。漫才は……せやな。舜巳《しゅんは》さんやと、まだ不安やから、うちが見守らなあかんなぁ」

蓮華が立ちあげた事業は数多い。しかし、すでに蓮華の手を離れているものもあった。漫才事業だけは、礼部《れいぶ》の李《り》舜巳に委ねたいのだが、なかなかお笑いを理解されない部分も多くて苦しい。が、運営は大方まかせられるので、蓮華が口を出す機会も減っていた。

いちいち蓮華が見なくとも、たいがい上手《うま》く回っている。近ごろは、面倒になってきた。

「それでも、最終判断は蓮華様がすべきです。それに、勝手に進めると蓮華様は、頭を抱えながら『なんかちゃうねん』とおっしゃるではないですか」

「だって、あんときは……なんかちゃうかったんやもん」

たしかに、以前も、陽珊に屋台をまかせすぎて、「なんかちゃうねん」と言ったことがあった。そのときは、陽珊がたこ焼きの見栄えをよくしようと、龍の器にピラミッド盛りしていた。やっぱ、あれはちゃうと思うねん。

あとは、傑にコ・リーグを仕切らせたら、やたらオレンジと黒の配色を多用したときか。あれはさすがに、喧嘩《けんか》になった。神聖なコ・リーグの舞台を、巨人《きょじん》カラーで染めないでほしい。

「だったら、きっちりと監修なさってください」

「はぁい……」

蓮華は、しゅんと肩を落として、のろのろと書類を片づけはじめる。なんだかんだと言いながら、陽珊も手伝ってくれた。

ま、量は多いけど、ほぼ軌道にのった事業の報告書だ。あまり蓮華が判断する案件がないため、すぐに書類の山は低くなっていく。

これよりも大変な目に遭っているのは、天明だろう。

なにせ、皇帝陛下だ。仕事量は蓮華の比ではない。そればかりか、運用を失敗すると傾くのは私財ではなく、国庫。失われるのは民の命だ。蓮華とは責任の大きさが桁違いだった。

天明と蓮華は、契約関係にある。

最初は、寵妃《ちょうひ》のふりをして、商いの自由を許可してもらうという約束だった。天明は皇帝だが、ずっと政治の実権は皇太后の秀蘭がにぎっていたのである。天明は秀蘭を打倒する計画を立て、そのために蓮華を利用しようとした。

結果的に、蓮華が二人を和解させたので、計画は頓挫したのだが……問題というのは、次々とわいてくる。今度は、反秀蘭の思想を掲げる貴族たちと敵対することになってしまった。

反秀蘭派の筆頭である遼博宇には、何度も煮え湯を飲まされている。彼らは凰朔国における格差や差別を是正したいという天明たちの政に、真っ向から反発していた。そのために、あの手この手で妨害工作を仕掛けているのだ。

今は、天明自身が政治の実績を作って、秀蘭から実権を譲り受けようとしている大切な時期だ。天明にとっても、国にとっても、大きな転換期だろう。

気が抜けない。天明に遊んでいる暇などなかった。

蓮華は名目上の寵妃だが、天明は以前まで、毎日後宮を訪れていた。それが最近は、ぱったりと足が遠退《とおの》いているし、たまに顔を出したかと思えば、お好み焼きを三枚食べて寝るのが常である。

とくに、新しく導入する官吏登用制度に関する業務は、膨大だろう。あれは天明の肝いりだ。失敗するか、成功するかで、凰朔の未来が大きく変わる。

貧富の差を少しでも縮め、能力のある人間に活躍できる場を与えたい――これは、天明や秀蘭だけではない。蓮華のねがいでもあった。

天明の政治がうまくいけば、蓮華も嬉しい。

「鴻徳妃、よろしいでしょうか」

書類の高さが天保山《てんぽうざん》程度になった頃合い。

ふわりと、よい匂いが漂ってきた。

入室の許可を求める声に、蓮華は「あいよー！」と元気に答える。

「試作品ができあがりましたので、お持ちしました」

そう言って入室したのは、朱燐《しゅりん》であった。

陽珊と同じく、蓮華の身の回りの世話をする侍女だ。もとは貧民街の出身で、下働きをしていたが、蓮華の取り立てで昇格させている。

彼女は、かつて秀蘭に命を救われ、間諜《かんちょう》として蓮華の身辺調査を行っていた。けれども、秀蘭と天明が和解したので、改めて蓮華が雇用することにしたのだ。

愛嬌《あいきょう》がよくて機転も利き、なにより野球が上手い。蓮華が監督兼投手《ピッチャー》をつとめる芙蓉虎団《ふよう・たいがーす》では、センターをまかせている。足の速さを生かした盗塁が持ち味で、「朱《あか》い彗星《すいせい》」という異名までついていた。自慢のスター選手だ。

あとは、記憶力が非常にいい。分厚い書を読むのが好きで、ほとんど暗唱できるという話だ。蓮華の鼻歌を、二胡《にこ》で耳コピする腕前も持っている。料理だって、一度食べれば、ある程度の再現が可能だ。

こんな才能が埋もれていてもいいのかという逸材だった。

最近は、その多岐にわたる完コピ能力を買って、蓮華の考案する新商品の開発係を一任している。

「試作品？　あー！　あれか！」

朱燐の持つ蒸籠《せいろ》から、蓮華はピンときた。食欲をそそるよい匂いに、お腹《なか》が鳴りそうだ。

おやつにちょうどいい時間でもある。蓮華はウキウキと表情を明るくしながら、陽珊に「お茶の準備してや！」と言いそうになった。

が、思いとどまる。

「せや、どうせなら……」

ポンッと、蓮華は両手を叩いた。

朱燐と陽珊が、不思議そうに首を傾《かし》げる。

四半時も経《た》たぬうちに、蓮華の姿は後宮から消えた。

せっかくやし、主上さんにデリバリーしたろ！

華やかな孔雀柄《くじゃくがら》の襦裙《じゅくん》や、雄々しい虎柄の披帛《ひはく》は脱ぎ捨てた。代わりに、身体《からだ》のラインを上手い具合に隠せる袍服に身を包んでいる。

皇城に勤務するお役人様の装いだ。

蓮華が後宮の寵妃（仮）となったことで、父である鴻柳嗣《りゅうし》は礼部尚書《しょうしょ》の位を得た。

その柳嗣のお守《も》り、いや、相談を受けるため、蓮華には皇城への出入りが許可されている。ほんまやりたい放題やらせてもろて、すまん話や。

最初は誰かと一緒という条件だったが、近ごろは、そこそこ勝手に出歩いていた。今日も蓮華は、元気よく皇城の回廊を進んでいる。

今回の目的は差し入れだ。

仕事で忙しいであろう天明に、蒸籠の中身をお届けする。凰朔人の口にあうかどうか、試作品の感想を聞きたいという下心も大いにあるが。

蓮華は弾む足どりで、天明のもとへと向かった。

ふふ、主上さんは、よう食べるからなぁ。きっと、これも文句言いながら、平らげてくれるやろ。感想楽しみやわ。

この一段回前の試作品について、味は申し分なかった。上手に、もとの味を再現できていると自負している。問題は、ちょっとした付属物で……こちらに苦心していたのだ。でも、今回は実にええ感じである。

「あ、ええとこおった」

天明の執務室が近くなって、見覚えのある人物に蓮華は声をかけた。

「これは、鴻……いえ、陳蓮《ちんれん》」

陳蓮とは、蓮華が皇城に出入りするときの偽名だ。

礼をしてくれたのは、乍颯馬《さくそうま》。天明の従者として働く宦官である。

異民族との間に生まれたため、凰朔国には珍しく髪が白い。感情表現が乏しく、なにを考えているのかわかりにくいところがあるが、笑顔が……少し、カーネル・サンダースに似ているのがチャームポイントだ。歳《とし》をとったら、真っ白なスーツが似合うはず。知らんけど。

「主上さん、おりますか？」

蓮華は気安く笑いながら、部屋を覗《のぞ》き見《み》ようとする。颯馬は、やや呆《あき》れて、しかし、若干嬉しそうに口元をわずかに緩ませた。

うん、やっぱり似とるわ。眼鏡かけてほしい。

「はい、中においでですよ。それは……主上への差し入れですか？」

「せや、新商品の試作品。主上さん、お忙しそうやから、おやつにどうですか？　取り込み中やったら、うちは後宮へ帰るから、あとでお茶菓子として出したってや。あ、毒味ついでに、颯馬も食べへん？」

「主上は多忙ですが、ちょうど休息を勧めるつもりでおりました。よろしかったら、中でご一緒されてはどうですか。陳蓮も、お疲れでしょう。茶を用意させますゆえ」

そないに気ぃつかわんでも、かまへんのに。しかし、せっかくの誘いだ。蓮華も休息を後回しにしていたので、お言葉に甘えることにした。

「ほな、うちもいただいて帰りますわ。タダやし」

「陳蓮ほどの財力があれば、茶など惜しむ必要がないのでは？」

「ああ、すんません。もらえるもんは、もらっとく性分なんですわ」

ついつい、ドケチが出てしまう。蓮華は、あははと誤魔化しながら頭を掻《か》いた。ついでに、颯馬の手に飴《あめ》ちゃんもにぎらせておく。

「主上さんは、来客中なん？」

部屋から話し声がするので、蓮華は首を傾げる。

相手は……珍しい。女の人の声だった。

「ええ、そろそろ終わる頃合いかと。少々お待ちいただければ」

と、颯馬が言っているそばから、なにかが落ちる大きな音がした。室内だ。蓮華と颯馬は顔を見あわせ、とっさに駆け込む。

皇帝の身に、なにかあっては一大事だ。

「はあ……」

けれども、入室した蓮華の視界に飛び込んだのは、いつものように疲れた顔でため息をつく天明だった。

やや彫りが深く、メリハリのある顔立ちは華やかと評していいだろう。切れ長の目元は気怠《けだる》げなのに、ちょっとした仕草だけでも絵画の題材になってしまいそうだった。

いやあ、あいかわらずのイケメンやわぁ……って、感心しとる場合か！

天明の足元に転がっていたのは、硯《すずり》だ。墨がこぼれ、床に惨事が広がっている。蓮華はついつい、天明の衣《ころも》が汚れていないか確認した。皇帝陛下のお着物だ。駄目になってしまったら、もったいなさすぎて成仏できない。

と、天明の着衣に気をとられてしまったが、部屋にはもう一人いた。

こちらは……これまた、形容しがたい。

「うわあ……えらい別嬪《べっぴん》さん」

蓮華は思わず、声を漏らした。無意識のうちに、口からポロリしてしまった形だ。

「なによ……文句があるのかしら」

蓮華は褒めたつもりだった。それなのに、こちらにふり向いた視線は、キッと鋭く尖《とが》っている。

蓮華は、とっさに口元を手で覆った。

年頃は天明より上か。二十代に見える。

目元はキリリと、顔立ちもシュッとしていた。キツイとも表現できるが、どちらかというと凛《りん》として、強い意志を持っているタイプだ。化粧っ気が薄いのに肌は白くて陶器のようだし、そこはかとなく色気があった。女官の衣装でありながら印象が華やかで、不思議と目が惹《ひ》きつけられる。

後宮には美女がひしめいているが、即位したばかりの天明のために作られた後宮はまだまだ新しい。妃の大半は十三歳から十七歳の娘であった。結婚適齢期の娘を国中から集めるので、そうなる。もう少し年齢がいくと、この国では「行き遅れ」と称されてしまうのだ。世知辛い。

だから、こんな大人の美女は、なかなかお目にかかれなかった。秀蘭とも、タイプがちがう。

女官がこちらを凝視するので、蓮華はあまり顔を見られないよう、袖で隠す。

「主上、なにが」

「よい。手が滑って、硯を落としただけだ。片づけさせてくれ」

颯馬の問いに、天明は簡単に答える。

女官はしばらく、床に撒《ま》かれた墨を見ていたが、やがて、礼をしながら身を引く。

「主上。ご理解いただければ、幸いです」

なんの話をしていたのだろう。女官はそれだけ言って、部屋から出てしまった。

いつまでも、目で追っていたくなるような別嬪さん。あんなん、どこで知り合《お》うたんです？　と、蓮華は天明に軽く聞こうとした。しかし……女官を見送る天明の視線が、とても寂しそうに見えて、蓮華は口を噤《つぐ》む。

どうして、こんなに切なげなのだろう。長い睫《まつ》毛《げ》を伏せる横顔が綺麗《きれい》で、息を呑《の》みそうだ。なのに、捨てられた子供のように儚《はかな》くて……。

「お前……」

だが、次の瞬間には、天明は呆れた様子でため息をついていた。あまりに、ころっと表情が変わったので、蓮華は反応が遅れてしまう。

「なにをしに来た。今日は礼部へ行く日ではないのだろう？」

天明から、先ほどまでの寂しそうな翳《かげ》りは消えていた。ため息は幸せが逃げるから駄目だと、いつも注意しているのに、ごていねいに二連発。

あれはいったい、なんだったのだろう。

「なにしにって……」

けれども、なんだかんだと聞かれたら、答えてあげるのが世の情けっちゅうやつや。

蓮華は蒸籠を持ちあげ、ニパッと笑った。

「ちわ！　配達です！」

元気な声が、響き渡った。

あの豚まんが、あるときぃ〜！

あの豚まんが、ないときぃ……。

「は————。あの豚まんがあるぅ！　やっぱ、これやこれ」

卓に広げた茶器類。さすがは、皇帝陛下に出されるお茶。口の中の脂を、爽やかに洗い流してくれる。

そして、蓮華が持ち込んだ蒸籠には、豚まんが詰まっていた。

前世で馴染み深かったチェーン店の豚まんを再現したのだ。

底についているのは、薄っぺらい松の木である。こいつが、どうにも上手いこといかなくて、試行錯誤の時間を費やしてしまった。商品開発に、トライアル&エラーはつきものだ。

蓮華は上手に、豚まんの松の木を剝がす。

これがあると、風味がよくなるのだ。殺菌効果も期待でき、余分な脂も吸ってくれるので必須級アイテムだった。豚まんがベチャベチャにならずに済む。

「いっただきまーす!」

生地にかぶりつくと、ふっくら。しかし、もっちりとしっかりめな弾力を備えており、甘みが口いっぱいに広がる。具まで到達すると、言わずもがな。たっぷりの粗挽《あらび》き肉と、刻んだ野菜のハーモニーで幸せな気分になれた。肉汁を吸った生地も、余さず美味《おい》しい。

蓮華としては、百点満点だった。

だが、向かいで食べる天明は、蓮華とちがう顔をしている。

「……ずいぶん、甘い包子《ぱおず》だな」

驚いた様子だった。というより、「思ってたんとちゃう」と、顔に書かれている。

「ちっちっちっ。主上さん、豚まんですわ」

凰朔では、このような料理を包子と呼ぶ。日本の豚まんとちがって、生地はまったく甘くない。

見目が包子なのに甘いため、天明が驚くのは無理もなかった。

「おいしないですか？」

そして、蓮華の懸念でもあった。

ぜひとも、商品化して凰朔で売りたいと考えている。だが、凰朔の包子と似た見目をしていながら、味が別物だ。凰朔の人間から、どう受けとられるのか、蓮華は心配でならなかった。

天明は、黙ってもう一度、豚まんを口に運ぶ。ゆっくり咀嚼《そしゃく》して、呑み込んでいく一連の動作を、蓮華は手に汗にぎりながら観察した。

「見られていると、休めないのだが。これは休息ではないのか」

あまりに見つめすぎていたので、天明がため息をつく。ほんま、何回ため息つくつもりなんや。

「えらいすんません」

蓮華は自分の豚まんを食べることにする。焦っては駄目だ。天明が食べてくれるのを待とう。

「やはり、甘すぎる……だが」

天明は眉間にしわを作った。

蓮華は固唾《かたず》を呑んで、言葉の続きを見守った。やっぱ、あかんかな？

「嫌いではない。茶とあうし……菓子の代わりになるな」

「でしょー!? 主上さん、わかってはるわ！」

天明の評価に、蓮華は目を輝かせた。思わず、天明の手をつかみ、グイッと顔を近づける。

「そう。そうなんです！　おやつにもイケるんです！　せやから、まずは茶菓子として広めていこうと思ってたんですわ！　ナイスやで。主上さんも同じ考えで、めっちゃ嬉しいですわ！」

捲《まく》し立てると、天明が視線を泳がせている。顔がちょっと赤いのは、温かいものを食べているせいだろう。

「あ、せやせや。こっちの辛子《からし》も使ってみてください。たっぷりつけると、美味しいんですよ！」

蓮華は、軽やかに笑いながら、天明の前に小壺を差し出す。蓮華の勢いに押されたのか、天明は一瞬だけ怯《ひる》んで身体を引いた。けれども、蓮華が「さあ！　さあ！」と勧めると、渋々小壺を受けとる。

特製の練り辛子だ。凰朔には、辛子を使う文化がなかったので、材料選びからしなければならなかった。

天明は訝《いぶか》しげに顔をしかめながらも、豚まんに辛子をたっぷり塗る。ちょっと多いかもしれへんけど、味は折り紙つきだ。大阪では豚まん一つにつき、個包装の辛子を一袋使用して食べていた。

「う……ぐっ」

しかし、豚まんを口にした天明の顔が歪《ゆが》んだ。目をうるませながら、鼻をつまんでいる。

「な、なんだこれは……！」

「あー……やっぱり、そういう反応になるんですね？」

勧めたものの、おおむね予想どおりの反応で、蓮華は腕組みする。

練り辛子や山葵《わさび》の風味は、唐辛子とちがって独特だ。ただ辛いだけではなく、ツンと鼻に抜ける刺激がある。初めての人間には、少々キツイだろう。

「毒ではないのだな？　本当に大丈夫なのだな？」

「んなわけあるかい。こら、改良が必要やなぁ」

辛子は、改良の余地あり。早速、商品開発に活《い》かさなければ。なにごとも、その土地の人間にあわせてカスタマイズするのが大事だ。日々進化、日々精進。商売上手な大阪マダムへの一歩やで。

蓮華は心のメモ帳に、しっかりと刻んでおいた。

「そういえば、さっきの人。えらい別嬪さんやったけど、女官ですか？」

お茶で口内を整えている天明に、蓮華は何気なく問う。

「ごふっ」

本当に何気なかったのに、天明が咳《せ》き込んだ。お茶を含んでいたせいで、軽く大惨事である。噴き出した茶を颯馬が拭いている。

こりゃあ、なんかあるな……？

蓮華は、ニヤリと口元に笑みを描く。

「お妃には、せぇへんのですか？」

「は？」

まだ咳き込みながら、天明が顔をしかめる。

「だって、あないな別嬪さんやもん。後宮にも、なかなかおらへんよ？」

「露生《ろせい》の顔がいいのは認めるが……あれは妃になりたがらない女だ」

露生というのが、彼女の名だろう。なるほど……アプローチしてみたが、後宮には入ってくれなかった、と。蓮華は興味津々で身を乗り出した。

蓮華は寵妃だが、あくまで契約だ。

凰朔国の世継ぎ問題を考えると、本当の皇后候補を別に見つける必要がある。ここのところ、天明は仕事に忙殺されていたので、その辺りがおろそかになっている。いい女性との縁組みをするのが、蓮華のつとめだろう。

「お前……また余計なことを考えているのだろう……」

「余計やなんて、失礼な。ただのお節介です。うちは真剣に、お国の未来を案じております」

「お節介の自覚はあるのだな。最早《もはや》、お節介を通り越して迷惑だぞ」

天明は、心底嫌そうにため息をつく。もう、本当に何回目や。勘弁してや。

「あれは、そういう関係ではない。仕事で呼んだだけだ。むしろ、そのように言われるのを厭《いと》う性分で……なにもしようとするなよ。いいな。決して、お前の考えているような関係ではないのだからな。わかったか。ちがうのだからな？」

天明はしつこく念を押して、蓮華に言い聞かせた。

合点承知の助や。うちかて、主上さんの寵妃（仮）やで。女官に熱をあげるなんて、他の妃に知られたくないもんなぁ。その辺、うちは口が堅いから安心してや！

「わかっておりますわ。がんばってください」

心得ているとばかりに、蓮華は力強くうなずいた。

「本当に、わかっている、のか……？」

それでも、天明は疑いの眼差《まなざ》しで蓮華をながめている。脇で、なぜか颯馬が「主上、回りくどいです」とつぶやいていた。

なんだか信用されているのか、いないのか不明だが、天明は残りの豚まんを平らげてくれる。

あいかわらずの食べっぷりに、蓮華も自然と笑みが漏れた。

「欲しかったら、また持ってきますよ」

「ああ、頼む」

天明は何気なく返答するが、すぐに咳払《せきばら》いする。

「いや……都合をつけて、俺が芙蓉《ふよう》殿へ出向く。すまなかったな」

「お忙しいやろし、宅配したほうが楽やと思いますよ？」

キョトンと返すと、天明は大きなため息をついた。なにかまずい答えだったただろうか。すると、見かねた颯馬が、横から補足してくれる。

「主上は、ここのところ鴻徳妃のもとへ通わなかったことを謝罪していらっしゃるのですよ。お寂しい思いをさせているのではないかと、気遣ったのです」

「颯馬！」

颯馬の補足に、天明が恥ずかしそうに抗議していた。

「ええー？」

あー、なるほど。仮初めとはいえ、寵妃の寝所へ通わないのは体面がよろしくない。放置が続くと「捨てられた」と噂《うわさ》されるケースもあるだろう。

蓮華はそう納得して、「面倒くさいわ」と苦笑いした。

「ま、うちはええんです。せや。芙蓉殿来るんやったら、野球せぇへん？」

「それはしない」

蓮華は、ぶーぶーと口を尖らせた。

「うちのチーム、粒ぞろいですよ。野球を覚えるには、持ってこいやと思いますけど。どうですか！」

「野球はせぬ」

「球団も、ドラゴンズ枠が空いてますよ！」

「だから、やらぬ」

頑《かたく》なに野球を拒みながら、天明は頭を抱えた。

「楽しいのに……うちがみんなに教えることも、少ななってきましたわ。この前も、朱燐の盗塁止められへんかった……傑以外にも、打ちとられるようになりまして。もっと、しっかり練習せなあかんわ……」

蓮華は笑って、舌をペロリと見せる。

実際、もう最初のころみたいに無双できなくなっていた。周りが成長しているため、蓮華も練習せねば置いていかれてしまう。なのに、様々な事業に手を出しているせいで、まとまった練習時間がとれずにいた。

「朱燐か……」

蓮華の話を聞きながら、天明がなにか考え込む。

「お。朱燐に興味ありますか？　朱燐はええ選手ですよ。物覚えが最高にいいので、すぐ学習します。盗塁が得意やけど、将来は監督になれる素質もあるんです」

うちの選手自慢やったら、まかしとき！　蓮華は、鼻高々に朱燐の売り込みを行った。彼女は実力、人気ともに芙蓉虎団のエースだ。

「たしか、野球以外にも芸をするのだったな」

「ええ。二胡と箏《そう》を弾いてくれますよ。読書も好きで、一回読んだ本はたいてい覚えてます。仕事も速くて、今は芙蓉殿の商品開発係を担ってるんです」

どうや、どうや。うちの侍女すごいやろ。

まあ、朱燐に読み書きや基本的な礼儀作法を教えたのは秀蘭だ。正確には、秀蘭の所有する屋敷で教育を受けていた。基礎を作ったのは、蓮華ではなく秀蘭だろう。

「暗唱もするのか？」

「たぶん、できますよ。こぉんな、分厚い本の隅から隅まで覚えとります。めっちゃ記憶力がええんですわ。うちも、知ったときビックリしました」

あまりに容易《たやす》く楽器や文章を覚えるので、朱燐に聞いてみたら、「ほかの方は、そうではないのですか?」と不思議がられてしまった。異世界で無双するファンタジー主人公のようなセリフだ。

いくら充分な環境がそろっていたところで、本人に能力がなければ意味はない。秀蘭に拾われてから、蓮華に仕えるまでの期間だって、非常に短かったらしい。その間に、後宮で優秀に働けるだけの技術を習得したのは、彼女の物覚えのよさに起因するのだろう。野球だって、誰よりも早く覚えた。

「――なるほど、朱燐がいたか」

天明が一言つぶやいた。

さきほどまでの、呆れた眼差しではない。真剣で……政について考えるときの顔だと、瞬時に察した。

「どないしました?」

朱燐がどうかしたのだろうか。

蓮華は首を傾げた。

すると、天明は神妙な面持ちで、蓮華へ向きなおる。

雑談という雰囲気ではない。

一瞬で空気が緊張した。

「朱燐を、俺にもらえないだろうか」

天明の発した言葉に、蓮華は目を瞬かせる。

「へ?」

どういう意味?

二

「ということで、朱燐。主上さんからのおねがいや」

皇城で伝えられた内容を、蓮華は朱燐にそのまま話した。けれども、朱燐は両の目を見開いて固まっている。

「本当に、主上が……朱燐めに?」

信じられない、と言いたげだ。

天明の頼み。それは、朱燐に官吏登用試験を受験してほしいというものだった。

「主上さんは、朱燐やったら試験に合格してくれるって信じとるで」

天明の意図は、蓮華にも理解できる。

今回、導入される官吏登用試験には受験資格を設けていない。貴賤《きせん》の隔てなく、男女平等に受験可能だった。

しかし……そのまま導入しても、公平な制度とはならない。

現状、書物を用意できて、充分な教育を受けられる人間は富裕層に限られている。読み書きを覚える学校を設置し、教育の促進も同時に進めていく予定になっているが、効果が出るのは何年も先である。

そこで天明は、一回目の試験合格者に、庶民階級を入れたいと考えていた。

最初にガツンと、試験が平等であるというイメージを刷り込めば、下層の人間もやる気を出す。

その点において、朱燐はこれ以上にないほどの逸材だ。

いわゆる家名を持たぬ「名なし」の貧民層出身。しかも、女人である。試験合格から、最も縁遠い印象の人間だろう。

「朱燐は読み書き算盤《そろばん》も達者やし、頭がええ。なにより、暗記が得意やから、学校へ通って勉強すれば合格まちがいなしや」

ただし、いくら朱燐を合格させたいからと言って、試験や採点を甘くはしない。文句なしに及第し、官吏として活躍できる人間でなければ意味がないのだ。

「厳しいかもしれんけど、うちも朱燐なら大丈夫やと思う」

蓮華は、朱燐を安心させようと手をにぎった。

「鴻徳妃……」

朱燐は蓮華を見つめていたが、やがて、うつむいてしまう。

「せっかくのお話ですが……お受けできません」

囁かれた言葉は震えていた。

「大丈夫やって。朱燐なら、絶対合格する！」

「そうではないのです」

朱燐は、ゆっくりと蓮華の手を解く。両手を祈るように組みあわせて、朱燐は深々と頭をさげた。

「この朱燐は、秀蘭様に拾われ一心に尽くして参りました。読み書きも、すべて秀蘭様のおかげで覚えたもの。鴻徳妃にお仕えするようになってからも、私にはもったいない日々を送り……感謝に尽きません」

蓮華は朱燐に、特別なことをした覚えはない。蓮華の価値観で、当たり前のものを与えたに過ぎなかった。それは、朱燐以外の人間に対しても同じだ。

「朱燐は……まだ秀蘭様にも、鴻徳妃にも恩返しをしておりません。なにもお返しできないのです」

「そんなん……」

「鴻徳妃は、きっと必要ないとおっしゃるでしょう。でも、それでは私が納得できないのです。私は、私に与えられた役割をまっとうしたいのです」

朱燐はようやく頭をあげ、ひかえめに蓮華を見つめた。

「もちろん、主上のお求めに応じるのも、お二人への恩返しであると感じます。ですから、朱燐がお役目を拒むのは、命に背く行為と存じます。いかなる処罰も覚悟しております」

「処罰やなんて。そんなん、主上さんも考えてへんよ。あくまでも、朱燐におねがいしたいって言うてたで」

本当の話だ。天明は、朱燐に対して命令していない。蓮華に「朱燐の意思を確認してほしい」と告げただけだ。

いくら朱燐を合格させたくても、本人の意思を尊重すべきだろう。勉強も生半可ではない。朱燐に要求するのは、大変に高い壁だ。

それに、合格すれば官吏にならなければならない。朱燐の将来を、蓮華や天明が無責任に強要すべきではなかった。

「ほんなら、主上さんにはお断りしておくから」

蓮華が微笑《ほほえ》むと、朱燐が申し訳なさそうな顔をする。

「そんな顔せんでええって。飴ちゃんお食べ」

朱燐の手に、懐紙に包んだ飴を持たせた。

すると、朱燐はようやく表情を綻ばせる。

「鴻徳妃は、本当にお優しい」

深々とお辞儀されたので、蓮華はその頭をわしゃわしゃとなで回した。照れくさそうにする朱燐が可愛《かわい》くて、「よーしよしよしよし」と笑ってしまう。

天明には悪いが、朱燐の意思を尊重したい。

蓮華は早速、お断りの書簡を書いた。

三

ついに、この日がやってきた。

満員となった球場を一望して、蓮華は腕組みする。気持ちのいい南風が吹き、縞の衣がなびいた。

甲子園《こうしえん》球場だ。後宮内に造られた最初の球場である。今日は、警備を強化して一般客にも門戸を開いていた。

「紳士淑女の皆々様、お集まりいただき感謝いたします。本日の解説、実況をつとめるのは陳夏雪《ちんかせつ》です。わたくし、陳夏雪。後宮で一番声が綺麗でよく通って野球にも詳しい、陳夏雪でございます」

実況席から、高くて滑らかな声がする。

陳夏雪。大貴族、陳家の令嬢にして後宮の賢妃《けんひ》だ。蓮華と同じ正一品であり、友人である。

最初はライバルの妃同士として、価値観の相違で衝突したが、今では蓮華と野球や茶会をする仲だ。夏雪も自分の球団を所有している。名づけて、牡丹鯉《ぼたん・かーぷ》団。チームカラーは、赤だ。

もちろん、蓮華も球団を持っている。黄と黒が雄々しい虎がトレードマークの、芙蓉虎団であった。ここに、桂花燕《けいか・すわろーず》団と水仙巨人軍《すいせん・じゃいあんつ》を加えて、現在は四球団で後宮リーグを運営している。略してコ・リーグだ。

本当はもっとチームをそろえたいのだが、選手育成を優先して第一季は四球団のみとなった。このまま野球人口を増やし、来季は、ぜひとも七球団にしたい。ゆくゆくは、もう七球団一リーグ。二リーグで凰朔シリーズを開催するのが夢だ。

本日はいよいよ、コ・リーグの優勝決定戦。四球団しかないので、クライマックスシリーズを抜かした簡略版だが、ついにここまで辿《たど》り着いた。そう思うと、創始者の蓮華としては感慨深い。

「それでは、選手のご紹介をいたします。まずは、水仙巨人軍」

夏雪がメガホンで、流暢《りゅうちょう》に解説していく。

水仙巨人軍を率いるのは、王淑妃《わんしゅくひ》——の身代わりを務める、侍女の傑だ。延州《えん》を治める王家の姫、仙仙《せんせん》は反秀蘭派から命を狙われていた。そのため、傑が影武者となり、仙仙と入れ替わっていた時期がある。

現在、二人は身代わり生活をやめているのだが、野球のときだけは事情が異なった。傑にも蓮華と同じく、前世の記憶があるのだ。浅草《あさくさ》の大工として生まれ育って死んだという……そして、巨人ファンであった。

野球のセンスは抜群で、小さな身体からは想像もできない長打者だ。何本ものホームランを、豪快にスタンドへ叩き込む姿が人気を博している。

そんな傑が率いる水仙巨人軍が、コ・リーグの決勝へあがってくるのは順当だろう。

蓮華が忙しくなってからは、リーグ運営も傑に一任している。

相手に不足はない。

問題は……。

「続いてのご紹介です」

夏雪の解説を聞きながら、蓮華は項垂《うなだ》れた。

「桂花燕団の選手が入場してまいりました」

決勝の舞台に立ったのは、水仙巨人軍と桂花燕団……蓮華が率いる芙蓉虎団は、予選リーグで敗退してしまったのだ。

最初は調子がよかったのである。期待の新人として採用した女官がポコポコとホームランを量産し、一方的な試合展開も多かった。首位を独走し、優勝まちがいなし。あかん、芙蓉虎団優勝してまう！　と、確信していた。

だが、気がついたら連敗が込み、あれよあれよと水仙巨人軍に追い抜かれてしまう。さらに、着々と勝利を積みあげた桂花燕団にも負けていた。なんでやねん！

桂花燕団を率いる劉《りゅう》貴妃は、得意げに笑いながらグラウンドへ出てくる。

代々、凰朔軍事の要を担っている劉家の息女、劉天藍《てんらん》。選手としての能力はさほど高くないが、采配がいつも絶妙だった。堅実に見えて、仕掛けるときは大きく出る。おそらく、軍師向きの気質が功を奏しているのだろう。野球の監督として、見事な才能が開花していた。

「なんでやー！　来季こそは、負けへんでー！」

蓮華は無駄とわかりながら、地団駄を踏む。

ここに立つのは、蓮華率いる芙蓉虎団でありたかった。栄えある一回目の優勝は、蓮華たちが手にしたかった！

「蓮華様、何度目ですか」

見かねた陽珊が蓮華をなだめる。

「野球は残念でございましたが、見てくださいまし、この超満員を。腕が鳴りますね！」

今回、蓮華は円滑に試合が進むよう、球場の運営を買って出ている。さすがは、シーズンの決勝戦。いつもより客入りがよく、屋台販売も忙しかった。ここが稼ぎどきだ。しょげてばかりもいられない。

陽珊は嬉しそうに客席をながめている。普段、芙蓉殿のたこ焼き屋と、お好み焼き屋を総括しているだけあって、今回は商売勘が騒ぐらしい。懐から、算盤など取り出していた。

訛りは軽減されたが、商売魂は立派な大阪マダムになりつつある。蓮華が施した教育の賜物《たまもの》だ。

「猫の手も借りたいのです。蓮華様も励んでくださいまし」

「はいはい」

「返事は一度にございます」

「はーい」

慣れたやりとりをして、蓮華は気をとりなおす。決勝に出られなかったのは残念だが、商売は絶好のチャンス。

屋台だけではなく、今も朱燐をはじめとした芙蓉殿の面子《メンツ》が売り子として客席を歩いていた。冷えたビールはむずかしかったが、飲み物やおつまみなど、ちょっとした軽食を席に座ったまま買えるのは評判がいい。売れ行きも好調だった。

蓮華も売り子をしたいところだが、それは止められている。さすがに、妃が物を売りながら客席を行ったり来たりするのは、よろしくないらしい。衛士《えじ》をつけるにしても、せめて屋台にいてほしいと、禁軍の総帥殿から頼まれてしまった。

ちなみに、その総帥というのは劉貴妃の兄で——。

「ここで桂花燕団が投入したのは——劉清藍《せいらん》……ええ!? 規約違反では？」

実況の夏雪が声をあげたものだから、蓮華は慌ててグラウンドを確認する。

忙しく働いているうちに、試合がはじまっていた。

「なんでやねん！」

夏雪と同じく、蓮華も思わずツッコミを入れてしまう。

バッターボックスには、たしかに上背のある男が入っていた。

劉清藍。劉貴妃の兄であり、禁軍総帥。バリバリ現役の武人だ。ガッチガチの上腕二頭筋が、客席からでも見てとれる。その圧倒的なオーラに、水仙巨人軍の投手が萎縮し、戸惑っていた。

「男やないかーい！」

コ・リーグは今のところ、後宮の人間で構成されている。つまり、女ばかりだ。そこへ、どうして劉貴妃の兄が投入されているのだろう。

「てやんでぇ！　おい、てめぇ。ルール違反だろうが！　……ですわよ」

三塁を守っていた傑が大声で抗議している。

「お静かに。問題ありません。兄は〝助《すけ》っ人《と》外国人枠〟ですわ」

しかし、客席や傑の動揺など、端《はな》から予測していたかのように、劉貴妃が朗々と説明をはじめた。

助っ人外国人枠。日本のプロ野球に設けられている制度だ。各球団は任意の外国人を、枠内の人数だけ出場登録できる。

それをコ・リーグに適用しようとしたのだが、「さすがに、外国人選手なんて育成されてへんしなぁ」ということで、傑と二人で相談して「後宮外の人間を助っ人として登録できる枠」としたのだ。

だが、現在はまだ後宮にしか野球チームがなく、プレイ人口が少ない。助っ人外国人枠を活用する球団は、今季現れないと思っていた。

慌てふためく球場の様子に、劉貴妃は品のいい笑みで返す。

「規約を隅まで読みましたが、後宮外の人間としかありませんでした。つまり、性別や職種は不問です」

やられた。この姉ちゃん、ルールの穴突いてきよった！

勝ち誇った劉貴妃の説明に、蓮華は額をペコッと叩く。たしかに、禁止ではない。

今後のルール変更は視野に入れるべきだが。

しかも、劉貴妃……ルール上の穴をシーズンの最初から見つけていながら、指摘しなかったのだろう。そして、決勝という絶好のタイミングで、切り札を投入してきた。来季は使えなくなるかもしれない禁じ手だ。彼女が根っからの策士であると実感させられる。

「奇襲？　卑怯《ひきよう》？　上等。勝てば問題ないのです。歴史は勝者が作るもの……さあ、お兄様。やってしまいましょう」

卑怯だろうが、なんだろうが勝てばいい。そう宣言する劉貴妃の表情は活力に満ちあふれていた。頰《ほお》が上気し、目がらんらんと輝いている。後宮で過ごしていても、こういう顔の劉貴妃には、なかなかお目にかかれない。

「そういうわけだ。諸君、お手やわらかに頼む！　我が妹の頼みは断れぬ！」

そんな劉貴妃に応えて、清藍がバットを虚空に突き出す。ホームランを予告するかのようなポーズに、球場がわいた。

「はー!?　……しゃあねぇな。いいぜ、やってやろうじゃねぇか——で、ございますわ」

憤っていた傑だったが、次第に好戦的な顔になる。しかし、今は本物の王仙仙の身代わりでこの場にいるというのを思い出したのか、気休めのように語尾を改めた。改まってへんけどな。

清藍は……めちゃくちゃ上背があり、筋肉もがっちりついている。まさに、武人・オブ・ザ・武人という出《い》で立《た》ちだ。若くして劉家の当主となり、禁軍の総帥をつとめているのも納得できる。

が、妹に頼まれて二つ返事で市中の護衛をしてくれたり、漫才の舞台にあがったり、野球の試合に出たり……いささか、シスコンが過ぎるのではないだろうか。蓮華とも顔をあわせる機会が多いのに、じっくりと話したことがないので、そこのところイマイチつかめていない男だった。頼りになるのはまちがいないが。

「はあ……うちも、試合したかったなぁ」

などと、肩を落としてもしょうがない。コ・リーグ優勝決定戦の切符をつかんだのは、芙蓉虎団ではないのだ。

蓮華は試合を見守るしかない。

「めっちゃおもろい試合やん」

しばらく試合をながめて、五回裏。

蓮華はぽつりと、こぼす。

序盤に一悶着《ひともんちゃく》あったが、試合内容は清藍と傑によるホームラン合戦である。三対四と、現在は水仙巨人軍が一歩リードの状態。

球場としては、乱打戦のほうが盛りあがるし、屋台や飲み物の売り上げもいい。商売繁盛で、蓮華ニコニコの展開だ。

ただ、芙蓉虎団が出場できなかったことを、いつまでも悔やんでいる。

「鴻徳妃、主上よりお好み焼きのご注文が」

野球を見ながらもクルクル働いていると、屋台に指名注文が入る。

「あいよー。まいどありー！」

具材の指定はなかったが、天明の好みは心得ている。

「主上さんも、試合楽しんでるやろか」

蓮華は流れるような動作で生地を鉄板にのせた。そして、薄切りの豚バラ肉を並べる。天明は、定番中の定番、豚玉お好み焼きを一番好む。本人が宣言したわけではないが、おかわりの回数が多い。それに、他が食べたいときは、わざわざ具材を指定してくるのだ。

じゅわーっと、生地が鉄板で焼ける音。タイミングを見計らってコテで引っくり返すと、ちゃんと焼き目がついていた。我ながら、華麗な手捌《てさば》きだ。

鉄板の下は炭なので、火加減がむずかしいが、もう慣れっこだった。でも、ときどきガスコンロやホットプレートがほしくなる。

こうやって、粉もん焼いとると大阪思い出すわ……。

「ソース塗って、削り節に、マヨネーズ……青のりは、うーん。主上さん、今日はスピーチもあるから抜いとこか」

以前、芙蓉殿でたこ焼きを食してから政務へ戻った際、歯についた青のりを家臣から指摘されたらしい。天明は強がって「気にしていない！」と言っていたが、たぶん、気にしている。あれ以来、なにか予定があるときは、蓮華のほうで青のりを勝手に抜いていた。

「陽珊、うち主上さんとこ行ってくるわー。お店頼むでー」

「まかしとき――はっ！　い、いってらっしゃいませ！」

あ、大阪弁出てる……陽珊は、蓮華から移った訛りの呪いを克服しつつあるようだが、まだまだである。

ふふふ。大阪弁は一度移ったら、しつこいからな～。

蓮華は軽い足どりで屋台から出て行く。

護衛の衛士さんに飴ちゃんを渡して、天明がいる櫓《やぐら》を目指した。甲子園球場の観客席は広めに造ってあるが、皇帝には特等席が設けられている。天明や秀蘭は、そこで観戦するのが常だった。

もっとも、秀蘭はかなり野球にハマっている。とくに芙蓉虎団のファンであった。いつも黄と黒の応援旗をふって、試合は欠かさず観戦している。

残念ながら、決勝に芙蓉虎団は出場していないが、特別に水仙巨人軍のベンチに招待しておいた。傑から「俺に、皇太后様の圧に耐えろってのか!?」と抗議されたけれど、まあしゃあないな。本当は芙蓉虎団のベンチに呼びたかったんや。

今日はえらい盛りあがってるし、秀蘭様もベンチの特等席でお喜びやろ。

「鴻徳妃」

天明の席がある櫓への階段には、颯馬がいた。

「まいど、ご注文ありがとうございます。主上さんに、お好み焼きのお届けでございまーす！」

蓮華が元気にあいさつすると、颯馬はわずかに口元を緩める。彼は感情表現が苦手らしく、表情がいつも乏しいけれど、ときどきこうして笑ってくれた――やっぱり、少しだけ、カーネル・サンダースに似ている。

蓮華はカーネル・サンダースを救って道頓堀に飛び込んだけど……あのあと、ちゃんと阪神は勝ててるんやろか。暗黒時代再来、回避できてたらええなぁ。

「主上は、試合を観戦されていますよ。今日は集中していらっしゃるので、きっとお楽しみなのだと思います」

「そりゃあ、よかったですわ」

「しかしながら、只今《ただいま》来客が――」

蓮華は颯馬の話を最後まで聞かずに、階段に足をかける。

そうだ。野球に夢中な天明に、こっそりうしろから忍び寄って、驚かせるのも悪くない。蓮華は笑いを噛《か》み殺しながら、足音を潜めた。

「考えなおさないか」

天明の声がした。

誰かと話しているようだ。

そういえば、颯馬が来客がどうのこうの言っていた……蓮華は、そろりと階段から身を乗り出して、櫓のうえを確認する。

「そっと……そーっと……」

天明が椅子に座っている。

もう少し、頭を出さないと状況がわからない。蓮華は空気椅子のポーズで、じわじわと状況を観察する。

「それは……」

困惑した女の人の声がして、蓮華は反射的にピタリと静止する。

なんやなんや？　蓮華は、声を呑み込んだ。

女官の衣装が見えて直感した。この間、天明の執務室にいた女性だ。たしか、天明は露生と呼んでいた。

キリリと清涼な雰囲気で、綺麗な顔を思い出す。

「申し訳ありません……」

露生の声は意外とハスキーで、艶っぽい。こういうのを、色気があると表現するのだろう。蓮華とは、逆のタイプだ。

チラリと確認すると、天明が露生の手をにぎっている。なにかいけないものを見てしまった気がして、蓮華は胸がキュウッと苦しくなった。

このような場面に遭遇するのは慣れていないので、顔が熱い。自慢ではないが、前世でも少年漫画の爽やかさが好きで、恋愛漫画の類はあまり読まなかった。彼氏もおらんかった。

天明の横顔は、真剣そのものだ。

蓮華とのつきあいは浅いが、彼が本気かどうかは判断できる。同時に、これは蓮華には滅多に見せない顔だというのも悟った。

「なんや、やっぱりええ人なんやん……」

ぽつりとつぶやき、蓮華は階段をおりていく。

「主上さん、お取り込み中やったから、これ渡しといてや」

蓮華はパッと笑顔を繕って、颯馬にお好み焼きの器を押しつける。後宮の妃やのに、現場に居合わせて恥ずかしがっとるんがバレたら、なんか嫌やわ。

女大学の教育でも、その手の講義では、顔を真っ赤にしてしまって陽珊から呆れられた。

「鴻徳妃。郭《かく》露生は決して鴻徳妃がお考えのような女性では――」

「ええんやって。邪魔したわ」

「鴻徳妃、お待ちを……」

颯馬が引き留めるが、まあ当然か。周りには、蓮華こそが天明の寵妃なのだから。こういうのは体面が悪い。

そもそも、本来は蓮華も櫓で天明に侍《はべ》りながら観戦するべきなのだ。それを個人のワガママで商売に走って、お役目を放棄している。他の正一品たちも、野球と実況で忙しい。

代わりの女性を見繕った天明を責める道理はなかった。

邪魔者は、さっさと退散しとこ。

颯馬の話をロクに聞かず、蓮華はその場からスタコラサッサと立ち去る。

屋台に戻る道すがら、天明が露生の手をにぎっていたのを思い起こすと、頭がぼやんとした。

いや、いくら耐性がないからって……もっと、大人にならんとあかんわ。

❁　❁　❁

「今、誰か……？」

ふと、何者かの気配を感じ、天明は階段をふり返った。すると、急いで頭を引っ込める影を認める。

大きな蓮《はす》を模した髪飾り。

蓮華が好んで身につける意匠だった。

はっと気づくと……天明は両手で露生の手をにぎりしめているところであった。

まさかと思うが、見られていたのか？

「颯馬！」

天明は慌てて立ちあがり、櫓の下へと呼びかける。すると、颯馬がお好み焼きを持って途方に暮れていた。

「主上」

「今、蓮華がいたのだな」

問うと、颯馬は眉根をわずかに寄せながらうなずいた。長年のつきあいなので、困惑しているのがすぐわかる。

「なぜ、あいつはこう……間が悪いのだ」

はー。と、息をつきながら天明は顔を右手で覆った。

また妙な勘違いをさせたような気がする。しかも、とてつもなく面倒な類の。あのわからずや。この手の話題に関しては、物わかりが悪すぎる。聡《さと》くて有能なくせに、なぜ、男女関係においてだけは異様に疎いのか、甚だ謎であった。

「主上?」

一番困惑しているのは露生だろう。整った顔に、「なにがあったのですか?」と書いてある。天明は余計に面倒で、つい舌打ちしてしまう。

「悪いが、俺は行くところがある」

話は切って、蓮華を追おう。

どうせ、露生の気持ちは変わらないのだろうから。

「やはり、考えなおす気はないのだな?」

それでも最後に確認すると、露生はきゅっと唇を引き結ぶ。平素は毅然《きぜん》とした態度を貫く彼女だが、このときばかりは瞳が揺れていた。

天明が、彼女にとって重い選択を強いているのは、理解している。

それだけに、天明も強制はできない。

「申し訳ありません……私には、覚悟がございませぬ」

両手を前で組みあわせながら、ていねいに頭をさげられた。何度も何度もそうされると、こちらも悪いと思わせられてしまう。

「わかった、強要はしない。お前のいいように取り計らってやろう。俺としても、やはりお前が欲しいからな」

「お取り成し、ありがとうございます」

天明の言葉を受け、露生が震えていた。感極まっているのだろう。天明も……望んだ形ではないにしても、これ以上は高望みすまい。もう、天明は露生を追いつめるような言葉をかけぬことにした。

「では、励め」

天明は短く言って、櫓の下へとおりる。

「主上。まだ間に合うのではないでしょうか」

天明の心理を見透かしたかのように、颯馬が言葉を継いだ。

「鴻徳妃に会いたくて、わざわざお好み焼きを注文されたのでは?」

「……お前のそういうところは、無神経で腹立たしい」

颯馬の表情は変わらないが、笑われている気がして癪《しゃく》だ。

蓮華をこのままにしておくのは面倒だった。

なにを考えているのか知らないが、蓮華は天明のために後宮で新しい寵妃など探している。会うたびに、「あの妃が可愛い」、「あっちの妃は気立てがよい」と、別の女の話ばかり聞かされるのだ。それだけでもうんざりしているのに……ああ、まったく面倒だった。

これは、面倒ごとに対処するだけである。

天明は自らにそう言い聞かせながら、蓮華を追って階段を駆けおりた。颯馬もついてきてくれる。

客席の簀丹渡《すたんど》にさえおりなければいいだろう。

櫓の下は貴賓席で、高位の貴族たちに与えられている。その下段は、観客がひしめいているため、易々《やすやす》と皇帝が顔を見せるわけにはいかない。大宴の試合では飛び出してしまったが、あのような真似は何度もできないと、天明も承知していた。

早く蓮華をつかまえて、問題を解決しなくては。

「――――ッ」

しかし、貴賓席に差しかかったところで、天明は足を止める。

無視すればよかったのかもしれない。

だが、意識せずにはいられなかったのだ。

「これは……主上。このような場所で、如何《いかが》なされましたか」

遼紫耀。

養子として、遼家に入った男だと記憶している。

周囲を見回すが、遼博宇はいない。ここは通路であり、貴賓席とも少し離れている。このような場所で、なにをしているのか。聞きたいのは天明のほうであった。

紫耀は礼節に則《のっと》り、天明に対して両手を組んで頭をさげる。無視していればよかったのに、天明は立ち止まってしまったものだから、彼の発言を許可してやらなければならなかった。

「お席は、上でございましょう？」

至極もっともなことを言いながら、紫耀は手で上階を示してみせた。唇だけに描かれた笑みが薄ら寒い。天明は身構え、正面から睨《にら》みつける。

目立たない。同時に、腹の底を見せぬ男であった。

「なにをしているか、お前に告げる必要があるのか。それとも、遼博宇から探れと命じられたか」

「滅相もございません。ただ、試合を観《み》ぬのはもったいないと存じまして」

当たり障りのない受け答えで、別段、腹を立てる場面でもない。だのに、天明はこの男が好ましくなかった。

何度も煮え湯を飲まされた遼博宇の手の者だから。

それだけではない。

蓮華の話が頭に浮かぶ。

この男は、蓮華の髪を解いて触ったと言うではないか。しかも、彼女が動いたり、声をあげたりできない状況で迫ったのだ。

その件については、口外できない。蓮華は官吏でもないのに偽名で礼部に出入りしており、紫耀と書庫で会ったことも〝なかった〟できごとだ。天明は紫耀を罰せない。

おそらく、そこまで見越しているのだろう。

今まで、遼博宇のうしろにいる目立たぬ男と認識していたが、あの話を聞いてから、視界に映るたび不愉快になった。腹の底から沸々とわく感情に抗《あらが》えず、かき乱されるのも気に食わない。

「そういうお前は、野球を観ないのか」

聞き返すと、紫耀は大仰な動作で通路の先を示した。

「さきほど、鴻徳妃をお見かけしまして」

「…………！」

「後宮のお妃など、滅多にお目にかかれませんから、つい追ってきてしまいました」

まるで、蝶でも愛《め》でるかのような口ぶりだ。蓮華はまっすぐ屋台へ帰っているのだろう。この男が蓮華を追って、こんなところにいるというのが癪に障る。

「あれは、俺のものだ」

口を衝《つ》いて出た言葉に、天明自身も戸惑う。

されど、事実である。

鴻蓮華は後宮の妃であり、天明の妻だ。天明が自分のものだと主張するのは、なにもまちがっていない。正当である。

蓮華は天明の妃だ。他の男が手を触れるなど、許されるわけがない。

「左様、皇妃にございますから。目の保養にしたく」

紫耀は優雅に腰を折り、両手を前で組んだ。指先が、とん、とん、とわずかに動いているのが気を削《そ》がれる。なにかの旋律を刻むかのようであった。

「しかし」

頭を垂れたまま、顔は見えぬ。

が、笑っているように感じた。

「鴻徳妃は自由奔放なお人柄。捕まえておかねば、逃げ出すやもしれませぬよ？」

花から花へと移ろう蝶のごとく――。

そのようなことは、天明だってわかっている。

あれは、皇帝の妃という檻《おり》があったところで、そこにおさまる女ではない。行きたい場所へ、やりたいように飛び回る。そういう振る舞いが似つかわしい。

だからこそ独占してみたい。

捕まえて、誰の手にも届かぬ庭に封じてしまいたかった。翅《はね》をもぎ、どこへも行けぬように——だが、それを蓮華は望まない。

蓮華は、自由に飛び回る翅が一番美しいのだから。

あいつの翅が欲しい。

なのに、傷つけたくない。

いつか天明のもとから飛び立ってしまうという懸念ばかりが心を占め続けている。

これはなんだ。

ただの所有欲。自分のものが奪われていくことへの危機感。権利が侵されるのは不快だ。腹立たしいだけ。

秀蘭に、最黎を殺されたときもそうだった。

天明には自らの命などより、最黎のほうが大切だったのに……あのときと同じか。

当たり前に、そこにあるべきものがなくなってしまう。それに天明は耐えられないだけだ。

これは、愛などではない。

ただ、蓮華が自分のものではなくなってしまうのが嫌なのだ。

「そのようなこと、他人に言われなくとも理解している」

天明は言い捨てて、踵《きびす》を返した。櫓に備えられた自分の席へと帰る。

「主上、鴻徳妃は……」

「もう簀丹渡へ帰っただろう。後日、説明する」

颯馬の声かけにも、雑に返答した。

「左様でございますか……」

蓮華は後宮の妃だ。天明が説明する機会など、いくらでもある。勘違いをされたから、なんだと言うのだ。

女など、力にまかせて組み敷いてしまえば――天明は首を横にふった。

「面倒だ」

面倒な女。

どうして、ここまで煩わせるのだ。

すべてが、ただただ不愉快だった。

四

名なしの女風情。そう罵られることなど慣れているし、いまさらどうでもいい。

朱燐にとっては、生まれながらの常識で、覆せない事実だ。

だから、朱燐の境遇を憂いたり、怒ったりする人がいるなんて思ってもいなかった。ましてや、手を差し伸べるなんて……。

秀蘭は朱燐を利用したかっただけだ。でも、朱燐に教養を身につけさせ、衣食住を与えた。

現在仕えている蓮華は、底抜けのお人好しだ。朱燐が謗《そし》られるたびに本気で怒り、庇《かば》ってくれる。

どちらも、朱燐にはもったいない主人だ。朱燐と同じ境遇の人間が、一生得られない幸福を受けている。本来ならば、朱燐には最も縁遠いもの……。

だから、恩返しをしたい。

二人のためにできることは、なんでもしたかった。

――官吏登用試験、受けてみん？

蓮華の言葉に、朱燐の心は揺らいだ。

試験に及第するのは、皇帝である天明の望みである。本当であれば、朱燐に拒む権利などない。蓮華は「強制やないよ」と言っているが、きっと天明は失望しただろう。

それでも許されたのは、やはりあの皇帝も心根が優しいからだ。

官吏となれば、国のために働く。身を捧《ささ》げ、尽くすことになるのだ。それは間接的に秀蘭や蓮華の幸福にだって繋《つな》がる。

断る理由などなかった。

でも、朱燐には自信がないのだ。

試験に及第できるかどうかではない。

秀蘭や蓮華に仕えているのと同じか、それ以上の熱量を仕事に注ぐ自信だ。

今は二人に恩を返したい一心で、命だって懸けられる。だが、それを国に対して行えるか……。

芥のような役人を何人も見てきた。民を痛めつけ、他者から搾取し、平気で笑っている。

同じ人間か疑いたくなるような、いや、彼らにとって、下層の者どもは人ですらないのだ。

朱燐が――そうならないとも限らない。手にした権力に胡座《あぐら》をかいて、知らず知らずに誰かを虐げるかもしれない。

そんな責任を負う自信はなかった。

朱燐は底辺を知っている。

常に飢えて住む場所に困り、子供を花街に売る親も。家畜以下の扱いを受けて逃げ出す子供も。そして、報復として家族を殺された――。

だから、憧れてしまう。秀蘭のように手を差し伸べてくれる人に。蓮華のように守ってくれる人に。自分がその側に回って、彼女たちみたいに強くあれる自信がなかった。

そればかりではない。試験を受けるには、学問をせねばならないのだ。学ぶためにはお金が必要で……きっと、資金は蓮華が用意する。これ以上、朱燐は蓮華になにかをいただくわけにはいかなかった。

怖い。

今の朱燐があるのは、他人のおかげだ。

全部、秀蘭と蓮華がくれたもの。

それを手放すのが……怖い。

「ねえ、君は芙蓉虎団の子だろう？」

「え？」

ぼんやりしていたようだ。不意に声をかけられ、朱燐は肩を震わせる。

第一回後宮利伊具《りいぐ》の優勝決定戦。水仙巨人軍 対 桂花燕団の試合は白熱していた。

朱燐が所属する芙蓉虎団は決勝進出が叶《かな》っていない。そのため、芙蓉殿の者どもは球場の売り子に徹していた。

朱燐が売っている「唐揚げ」という食べ物も好評だ。鶏肉《とりにく》に粉をまぶし、油で揚げている。熱々の肉汁が堪《たま》らないばかりか、客席にいながら手軽につまめるのが最大の利点だった。

蓮華が考える料理は、どれも美味しくて新しい。

「朱燐ちゃん、こっちにもちょうだい」

「かしこまりました。ああ、いえ、おおきに。まいどあり！」

朱燐は求められるまま、客席で唐揚げを売る。ときどき、こんな風に名前で呼ばれるのは照れくさかった。

「わしらは、芙蓉虎団を応援していたんだよ。来季はがんばるんだぞ！」

「朱燐ちゃんは、芙蓉虎団の英周《えーす》だもんな」

激励とともに、お代を渡されてくすぐったい。

朱燐は蓮華から、「うちの人気選手やからな！」という言葉を賜っている。後宮内では多少目立つ自覚はあるが、まさか、後宮の外から来た観客にまでそんな言葉をいただけるとは思っていなかった。

「もったいない御言葉《おことば》にございます。朱燐めは、これからも励んで参ります」

「おう、期待してるよ」

恭しく礼をすると、お客様も満足そうだった。

　こうやって、朱燐が野球で人を笑顔にできるのが嬉しい。今季は不甲斐《ふがい》ない結果に終わってしまったが、来季は必ず芙蓉虎団を優勝させようと心に誓う。

「この、名なし風情が！」

　けれども、どこからともなく、そんな罵りが聞こえてきて、朱燐は肩を震わせた。

罵声や蔑みは慣れている。恫喝《どうかつ》されたり、殴られたりするのも、日常茶飯事であった。ただ、後宮につとめはじめてからは、縁遠くなっていたせいで、耐性が弱っていたのだろう。

　朱燐がはっとしてふり返ると、客席で男性客が立ちあがっていた。自分の連れた下男の髪をつかみ、怒鳴り散らしている。

　さきほどの罵声は朱燐に向けられたものではなかった。

「も、申し訳ありません！　お、お許しを……！」

「主人の服を踏んで、許せと？」

　下男は主人の衣服の裾を踏んでしまったようだ。

　よくある光景。

　主人が従者に折檻《せっかん》など、日常である。それが名なしの下男であれば、なおさらだ。当たり前に許されている。実際、朱燐以外の観客は、この事象に違和感をおぼえていない。誰も「やめなさい」と、口を挟もうとしなかった。

「お……」

無視しても大丈夫。こんなもの、当たり前なのだから。

「おやめください」

なのに、朱燐は声をあげ、前に出ていた。

「はあ?」

名なしを殴ろうとした男が、朱燐に視線を向ける。

朱燐は怯みそうになったが、ぐっと拳をにぎりしめた。

「ほ……本日の試合は、主上もご観戦でございます。宴の席と同じでございましょう。どうぞ、興を削がれませぬよう……」

朱燐はできるだけ声を張り、男を宥《なだ》めようとした。

男は動揺していたが、やがて、朱燐を凝視する。

「はっ……貴様も名なしのくせに、いい気になって偉そうに」

朱燐の顔を知っていたようだ。相手が名なしだと気づいた瞬間に、態度が大きくなった。

「決して、そのような――」

「そうだろうが」

男は語気を強めながら、朱燐へと歩み寄る。

「いいよなぁ。金持ちのお嬢様に拾われて、ちやほやされて。それで今度は仲間同士で庇いあいか。名なしのくせに、いいご身分だ」

ぞっと、寒気が背筋に走った。

男の言うことは、まったくの正論で、朱燐に反論の余地などない。

「なんとか言わぬか」

酔っているのだろうか、男の顔は赤かった。なにも答えない朱燐を見おろし、立ち塞がる。

周囲の誰もが目をそらし、助けてくれる様子はなかった。

「あ……」

胸ぐらをつかまれ、朱燐の細い身体は乱暴に揺らされる。芙蓉殿に仕えるようになってから、体力も筋力もずいぶんついたが、男相手では、まったく敵《かな》わない。

首からさげていた箱から唐揚げが落ち、辺りに散らばってしまう。小銭袋からこぼれた銅貨も甲高い音を立てて転がる。

それでも、朱燐はなにも言い返さず唇を引き結んだ。

いいや、なにも言えなかった。

「一丁前に小銭の管理ができるのも、野球が上手いのも、鴻家のおかげだろう？」

なに一つ反論できない。

お金の計算も、野球も、全部蓮華が教えてくれた。芙蓉殿に仕えなければ、身につけられない技能だ。

二胡や箏だって弾けるが、朱燐の持ち物ではない。読み書きを習得するために使った紙と筆は秀蘭から与えられた。刺繍《ししゅう》も陽珊から習っただけだ。綺麗な衣が着られるのも、食に困らないのも、朱燐が自分で獲得した環境ではない。

偶然、幸運に見舞われただけだ。

朱燐の力で手に入れたものは、なに一つなかった。

それなのに、勘違いして人助けなどと……おこがましいと、自分でも思ってしまった。

朱燐は、蓮華や秀蘭になれない。

「よ、余計なこと……」

客席で震える下男のつぶやきが、耳に入ってしまう。

朱燐はうつむき、唇を噛んだ。

「名なしのくせに」

名なしに、生まれたかったわけではない。朱燐だって、きちんとした家名のある家の子ならば……だが、そんな夢は誰だって抱く。

呆然《ぼうぜん》とする朱燐の身体が、再び突き飛ばされた。

「ちょっと、やめぃ！　うちの従業員に、なにしてくれてんねん。このドアホが！」

身体が地へ倒れる前に、誰かがうしろから受け止めた。朱燐の身体を抱きしめるみたいに、ぎゅっとつかまれて……力強くて、温かい。

「鴻徳妃……」

声で、すぐにわかった。蓮華が、朱燐のために駆けつけたのだと理解する。

「朱燐、大丈夫やった？」

蓮華は、朱燐に一瞬だけ笑みを向けた。まぶしくて、優しくて、頼もしい。

しかし、すぐに目の前の客に食ってかかる。

「従業員に暴力ふるうんは、お客様やない。度を越した酔っ払いは、退場していただくで」

いつも明るく笑うのに……やはり、この人は朱燐のために怒るのだ。本気で、朱燐を守ってくれる。

人が好《い》い。

底なしのお節介で、お人好し。

「なん――鴻家の……そ、その名なしが、先に文句をつけてきたのだ！　俺が悪いような言い方をしてくれるな！　金持ちのくせに、なぜ肩を持つ！　名なしだぞ！」

男は言い訳しながら朱燐を指さした。

名なしなんて、そういう扱いだ。いくらこちらに非がなくとも、悪者にされる。

「うっさいわ。先に手ぇ出したほうが悪いんや！　見てみぃ。せっかくの唐揚げが台無しや。これは、うちへの営業妨害ちゃいますのん？　お代払ってや！」

なのに、蓮華は負けじと男をにらみつける。

男は怯んだ様子で、口を噤んでしまった。

「大人しくしてくれるんやったら、退場も唐揚げ代も勘弁したげるわ。代わりに、二度とうちの従業員に手を出さんといてや！」

そう言って、蓮華は朱燐のそばに膝をつく。いつの間にか、朱燐は座り込んでいたらしい。

蓮華は唐揚げと小銭を拾い集めながら、朱燐の顔色をうかがった。

「朱燐、大丈夫？　裏で休んどく？」

「鴻徳妃。そ、そのような……！」

朱燐は慌てて姿勢を正しながら、唐揚げを拾う。散らばった食べ物や小銭を、皇帝の寵妃に片づけさせるなど、言語道断だ。

うしろから小さく、「よい飼い主に助けられたな」と舌打ちが聞こえてくる。蓮華は気づかないふりをしていた。

「……………」

朱燐は目を伏せながら、片づけをする。

「従業員守るんは、雇用主の義務やから。気にせんでええんやで」

屈託のない蓮華の笑みが、胸に刺さる。

この方は、朱燐のような人間に構っている暇などないはずだ。

私は……どこまで、鴻徳妃に甘えるつもりなのだろう。

「鴻徳妃……」

朱燐はきゅっと拳をにぎりしめた。

恩返しがしたい。お役に立ちたい。ずっとお仕えしたい。

でも、それよりも、朱燐の頭は別の思いでいっぱいだった。

いつの間にか、うつむいている。

「お話ししたいことがあります……」

しかし、朱燐は顔をあげ、前を向いた。

朱燐の言葉を受け止めて、「なんや？」と返す蓮華の顔がまぶしい。押し潰されそうな不安に、またうつむきそうだ。

それでも、朱燐は表情を引き締めた。

# 五

スタンドで客と朱燐が揉《も》めていた。といっても、朱燐は人助けをしようとして、逆に罵られる形となったのだ。

蓮華は屋台へ帰る途中、その現場に居合わせて、放っておけなかった。当然だ。朱燐はうちの従業員であり、チームメイト。仕事もよくできる優秀な侍女である。出自なんて関係ない。蓮華にとって、それが朱燐のすべてだった。

なのに……蓮華に助けられた朱燐は暗い顔をしていて……。

話がしたいという朱燐の申し出を、蓮華は断れなかった。大事なことだと察し、すぐに裏の控え室へと朱燐を連れていく。

「ここなら、誰も聞いてへんから……朱燐。どないしたん？　話してみ？」

控え室は、選手の着替えに使う。今は試合中なので無人であった。ちなみに、試合は八回表。傑と清藍による乱打戦が激しさを増している。だが、そろそろ傑のスタミナに翳りが見えはじめた頃合い。どうなってしまうのか、試合を見守りたかったが、蓮華には朱燐のほうが大事だった。

朱燐は一瞬、戸惑ったように瞳を揺らす。

しかし、すぐに表情を引き締め、まっすぐに蓮華を見つめてくれた。

「鴻徳妃」

朱燐の眼《め》から迷いがなくなる。大きくて愛嬌のある両目が、まっすぐ蓮華をとらえた。朱い彗星の異名に恥じぬ面構えに、蓮華は息を呑む。

「官吏の件ですが……やはり、受けさせてください」

朱燐は深く深く頭をさげた。

蓮華は面食らってしまい、とっさに言葉を返せない。

「一度お断りしたお役目。いまさら遅いとは、重々承知しております」

「朱燐……無理せんでもええんやで?」

官吏登用試験の件、朱燐は以前に断っている。蓮華も無理強いしたくないので、あれから話題に出すことはしなかった。

朱燐は責任感の強い娘だ。思い詰めて、蓮華や天明のために、こんなことを言っているなら、それこそ考えなおしてほしかった。

朱燐は朱燐の人生を生きているのだ。それを蓮華が決める権利などない。

「無理はしておりません。決めました。私は鴻徳妃や秀蘭様のために……いいえ、主上のために……もう守っていただく必要などないよう、自立いたします」

「自立やなんて……ええんやで。だって、朱燐はうちの大切な従業員——」

「ちがうのです。私は……朱燐は……鴻徳妃に恩返しがしたい。それ以上に、鴻徳妃や秀蘭様のような立派な凰朔真駄武《まだむ》に憧れているのです」

憧れ？　蓮華は首を傾げた。

「朱燐には力がございません。誰かに手を差し伸べようにも、なにもできない。痛感いたしました……朱燐は、鴻徳妃のように、誰かを救える人間になりとうございます。守られる立場ではなく、誰かの心を照らせる凰朔真駄武になりたいのです」

朱燐の目も、声も、なにもかもが真剣であった。真摯な熱が言葉にのり、蓮華の心にストレートに投げ込まれる。

天明や蓮華に気を遣っているのではない。

自分を押し殺しているわけでもない。

朱燐は自らの意志で、官吏になりたいとねがっているのだ。

試験というマウンドにあがる朱燐は、様々なものを背負わなければならない。決して、甘い試合《ゲーム》ではないだろう。最初から、ツーアウト満塁の苦境かもしれない。

今の朱燐には……その覚悟がありそうだった。

「自分、ええ球投げるようになったやん……」

球速一五〇キロの真正面ど真ん中ストレート。

そんなん投げられたら……真っ向から打ち返さな、清く正しい大阪マダムにはなられへんやろ。

「わかった。うち、なんでもサポートするから!」

蓮華はイマジナリーバットを構え、大きくふった。カコーンと、綺麗に硬球を打ち返す音が聞こえてきそうだ。

「鴻徳妃……ありがとうございます」

朱燐の目に涙がにじむ。

しかし、笑顔であった。

嬉しさだけではない。気合いと闘志も含まれた、強い笑みの涙である。

ずっと、守ってあげなあかんと、無意識に思っていたのに。

気がつかない間に、朱燐は蓮華の想像以上に強くなっていたのかもしれない。

# 授業参観　大阪マダム、様子を見る！

## 一

官吏登用試験を運用するに当たって、避けて通れないのは教育機関の問題だ。いくら、身分や性別の隔てなく採用しますよと宣伝したところで、教養を深める場所がなければ人は集まらない。身分の低い庶民層からは、優秀な人材が育たないだろう。

天明がまず設置したのは、国が運営する学府――学校である。

都である梅安に置かれた国子監《こくしかん》は、主に官吏養成を目的とした、凰朔の最高学府という位置づけだ。もともと、貴族の子息教育のため開かれていた太学《たいがく》を、改良した形である。

入学するには、官吏からの推薦が必要なので、誰でも通えるわけではない。一般人には、かなりハードルの高い学校であった。

この話を聞いたとき、蓮華は「そんなん、貧しい人間は教育受けられへん」と感じてしまった。

そこで天明は、「同時に、地方にも学府を設置する。今後は、各地の学府で学び、推薦を受けた者たちが国子監入学の権利を得る予定だ」と続ける。なるほど、そういう制度ならばと、蓮華も納得した。

ゆくゆくは、各地で選ばれた学生が国子監に集まる体制が整う。もちろん、地方の学府での入学資格は制限しない。誰でも教育を受けられるようにする、という話だ。

教材となる書物は高価なので、学府の費用で賄う。

そこで活用されたのは、蓮華が提案した木板印刷だった。

書物を一つひとつ、写本するのは骨が折れるし、金がかかる。書物が馬鹿みたいに高価な原因の一つであった。なので、文字をあらかじめ、木に彫刻して印刷すればいいと提案したのだ。

本当は文字を自由に組みかえられる活版印刷を開発したかったが……なにせ、凰朔の字は、中国の漢字とよく似ている。種類がめちゃくちゃ多いのだ。前世の世界で活版印刷を初めて開発したのはヨーロッパだったが、それはアルファベットが二十六文字しかなく、管理しやすいという利点があったから成立した面もある。

とはいえ、教材の調達というハードルが大きくさがったため、学府設置の事業は着々と進んでいた。

朱燐は劉清藍の推薦で国子監へ入学させることになっている。

最初は蓮華の父、柳嗣に推薦してもらうつもりだったのだが……柳嗣は、試験そのものを管轄する礼部の尚書だ。礼部の一番偉い人が推挙したとなると、不正を疑われ、周囲への印象がよろしくない。今回は、天明が清藍に役目をまかせた。

官吏登用試験の結果、女人で貧民出身の朱燐が問題なく活動できるならば、今後の指標になる。最悪、試験に受からなくとも、似たような境遇の人間が教育機関で学ぶことへの障害が減るだろう。

朱燐は天明の事業において、よい条件を備えていた。

しかし、逆に言えば……。

「朱燐、大丈夫やろか」

蓮華は、芙蓉殿の一室を、そーっとのぞく。侍女や下働きなどが休む控えの間である。いつも、ここで賄いを食べていた。

控えの間には、女たちがズラリと集まっている。みんなが朱燐一人を囲って、真剣な表情を浮かべていた。

朱燐だけが、その真ん中で困惑している。

蓮華は声をあげず、様子を見守っていた。それしかできない。

「朱燐、がんばって！」

「お仕事はあたしたちにまかせて！」

控えの間に集まった女たちは、口々に朱燐への声援を送っていた。ノット・いじめ。蓮華の観測範囲では、芙蓉殿にいじめが確認されたことがない。朱燐が受験を決めてから、芙蓉殿はちょっとした騒ぎとなったのだ。侍女、女官、下働き、芙蓉殿の女が総出で朱燐の応援をはじめたのである。朱燐の名を刻んだ応援旗をふり、ご馳走《ちそう》を作り、現在、従業員だけで集まって決起会を行っている。

ちなみに、決起会に蓮華は呼ばれていない。ハブられたので、こうやってコッソリ見守っていた。解《げ》せない。

まあ、雇用主抜きで集まりたい気持ちも、わからんでもないけどな。

「そ、そんな……みなさま、朱燐などにおかまいなく……」

朱燐は戸惑っているが、周りの目は真剣だった。

「なに言ってるの。あなたは、私たちの星なのよ」

「そう。がんばって及第してもらわなきゃ困るの！」

文字通り、女たちにとって、朱燐は星だった。

皇城にも女官のポストはある。けれども、男に比べると差別が甚だしく、よい仕事はもらえない。他人のミスの尻ぬぐいや、雑用ばかりさせられるのだと聞いている。皇城でいじめられて後宮仕えに回される女官は後を絶たず。そうなると、出世街道から外れてしまうのだと、女官たちが悔しがっていた。左遷先が後宮というのも、妃の身としては微妙な心境であるが。

適当に宮仕えして結婚するつもりならば、それでいい。宮廷での仕事経験は箔《はく》がつくので、嫁のもらい手には困らないだろう。

だが、男のように出世して、政を動かしたい女たちには絶望的だ。能力があったところで、女だからと軽く扱われ、潰されていく。

本来ならば、前者が圧倒的に多いのだが……ここは、蓮華が管理する芙蓉殿だ。自由奔放で、次々と改革していく蓮華の有り様を、「羨望」している者は、たくさんいたのだろう。いつの間にか、「お嫁に行くため」ではなく、「私も好機をつかみたい」と、自立した考えを持つ者が増えた。芙蓉殿らしい根性とも言える。

そんな女たちにとって、朱燐は希望だ。ぜひとも、成果をあげてほしいと、期待が膨らみすぎている。

要《い》らぬやっかみや、嫉妬を受けてしまうよりはいいが……蓮華は心配なのだ。

朱燐は責任感が強い。

自分の責務を全うするために、命を懸けられる子だ。天明から求められ、周囲からも期待されたら、応えようとするだろう。勉学だけでも大変なのに、過度のプレッシャーを与えれば、無理をするかもしれない。

「朱燐、今日から仕事はみんなで代わります。あなたはお休みなさい」

「え……しかし」

「そうよ。全部、わたしたちがやっておくから！」

「で、ですが……」

「いいのよ。お勉強、がんばってね！」

みんなが口々に、朱燐の仕事を代わりたいと訴えている。まだ国子監に通いはじめていないが、準備は忙しい。一度読んだ書物を記憶しているとは言っても、勉強時間は足りていないのだ。目を通すべきものは、たくさんあった。

「お気づかい、痛み入ります。しかし、どうかそのままで。朱燐は、芙蓉殿の侍女にございます。お役目を全うしたいですし……それに、みなさまと少しでも、一緒に働きたいのです」

朱燐は一人ひとりに顔を向けながら、ていねいに言葉を発する。

「私は、芙蓉殿が好きなのです。できるだけ、お仕事させてください」

そうやって頭をさげる朱燐に、今度は一同が黙り込む。陰から見ている蓮華も、息を呑んでしまった。

朱燐は愛嬌のある顔に、笑みを湛《たた》える。

みんなから期待されて、余計なプレッシャーを受けないか心配していたが……蓮華の取り越し苦労かもしれない。

朱燐は、一人でもちゃんとやれる。

そう確信できる清々《すがすが》しい表情であった。

国子監へは、毎日通うことになっている。芙蓉殿でのシフト勤務を減らし、調整していた。本当は全部休みにしようと考えていたが、朱燐から「できるだけ勤務したい」と希望が出ていたのだ。その意味を、蓮華はようやく理解した。

こんな風に思ってくれているなら……叶えてあげるしかない。

毎日、朝早くに後宮の外へ出かけて、それから仕事。さらに、予習、復習、課題、自習をこなす生活。きっと、余裕なんてない。

できるだけ支援するつもりだ。けれども、蓮華がすべきは朱燐を甘やかすことではない。

朱燐の障害となるものは取り除く。

それが蓮華の役目だと理解している。

蓮華は、黙ってその場を離れた。そもそも、これは従業員たちの集まりだ。雇用主の出る幕はないだろう。さっさと退散すべきだ。

「ああ、蓮華様。いらっしゃった……蓮華様、今日は主上のお渡りがある予定ですよ。準備いたしましょう」

蓮華が控えの間から離れると、陽珊が慌てて飛んできた。

そういえば、今日は久しぶりに天明が後宮へ来るのだ。忘れとった！　……また怒られそうやわ。

仕事の忙しさから、天明とはあまり顔をあわせていない。コ・リーグの試合以来かもしれなかった。

あのとき……思い出して、蓮華は顔が熱くなってくる。

天明が、露生という女官の手をにぎっていた。いつになく真剣な表情で見つめあう二人の様が、頭に焼きついている。

お似合いだった。

後宮には、天明の妃たちがいる。しかし、容姿端麗以前の問題として、子を産むための女たちが集められているのだ。二十歳になろうかという天明よりも、幼い妃が多かった。

対する露生は、年齢も容姿も、天明とは釣り合いが取れている。

「陽珊。もしもやけど……仮に、主上さんが他に寵妃見つけたとして」

「は？」

蓮華がたどたどしく口を開くと、陽珊は訝しげに眉根を寄せた。

「主上の寵妃は、蓮華様以外におられないでしょう？」

顔に、「なにをおっしゃっているのです?」と、書かれている。発する言葉も、至極当たり前の態度であった。

陽珊は、蓮華と天明の契約を知らないから……。

「いやあ、例えばの話や。他に好きな人がおったとして……主上さんがうちのところに通い続けてるのは、その人、どう考えるやろなって……」

「はあ……それは、まあ。あくまで一般論ですが、よくは思わないでしょう。嫉妬されてしまうかもしれませんね。でも、後宮ですので、主上が複数の妃と関係を持つのは仕方のないことです。そういう場所なのですから」

そりゃあ、そうなるわな。という答えが返ってきた。

だが、陽珊は強めの口調で、こうも続ける。

「私から見て、主上は蓮華様のみを愛しておられます。蓮華様が、そのような心配をする必要はないのでは?」

「あ、愛してる……なんて」

「愛しておられますよ。あれでわからないのは、節穴です」

そう見えるよう振る舞う契約だからだ。

陽珊は蓮華の手をグイグイ引いて歩いた。

「大宴で蓮華様が連れ去られた際も、主上はたいそう取り乱していましたよ。衛士も呼ばず、お一人で飛び出すほどに。いえ、傑がおりましたが」

「それも、聞いとるけど」

「主上は、蓮華様の粉もんが大変お好きではありませんか」

「美味しいからやろ。うち、この道のプロやで」

居酒屋たこ焼きチェーンの雇われ店長だったのだ。粉もんとのつきあいは長い。

「富炉《ぷろ》？　とにかくですね、主上は蓮華様だけを愛しておられます。なにをいまさら、及び腰なのですか。蓮華様らしくありませんよ」

天明本人の前で言ったらめちゃくちゃ否定されそうだ。首をブンブンふりながら、「そんなはずないだろう！」、「誰が、このような女！」と叫び倒すだろう。容易に想像できる。

「なにも心配ございません。それよりも、早く御子《みこ》の顔が見とうございます」

「あー……うん」

やはり、こうなるか。

最近、誰に顔をあわせても、「御子を」、「お世継ぎを」と言われる。蓮華は笑って誤魔化すが、そろそろ限界でもあった。

天明の後宮に入って、もうすぐ二年だ。蓮華は後宮が完成した当初から寵妃なのに、まだ子がいない。

周囲も焦っている。たしかに、天明は本格的に政に参加し、忙しい。蓮華も様々な事業を手がけているので、その暇がないのも理解されている。

しかし、お渡りがあるのに子ができないのは不審に思われていた。主に、蓮華が子供を産める身体なのかどうかを疑問視されている。

蓮華としても、早く天明に本当の寵妃を見つけたい。露生がそうなってくれるのなら、大歓迎だった。

商売も軌道にのり、父も要職に就いている。いまさら、蓮華が寵妃から外れたところで、大損はしないだろう。

「ご安心ください。蓮華様、いいえ、鴻徳妃は主上の寵を得るに相応《ふさわ》しい女性であると、この陽珊が保証いたします」

陽珊は、誇らしげに胸を張る。

「そんな、大袈裟《おおげさ》や……」

うちは前世で、彼氏なし独身のまま道頓堀に落ちて溺れ死んだ女やで。陽珊は、なんも知らんだけや。

騙している気分になって、蓮華は申し訳なかった。

皇帝のお渡りがあると、忙しい。

女官に身体を拭かれて沐浴《もくよく》し、衣を着替える。身体を清める意味もあるが、皇帝と会う前に、凶器を持っていないか確認する作業でもあった。

このステップが面倒なので、天明はときどき、抜け道を使用して芙蓉殿へ来ている。皇城と芙蓉殿の間に、簡単に抜けられる垣根があるのだ。最近は、頻度がさがって、むしろ蓮華のほうが、皇城へ行くときに利用させてもらっている。

今日の勝負服は、見事な花緑青の襦裙だ。金と藍で、鳳凰《ほうおう》の刺繍が施してある。もちろん、披帛は蓮華のトレードマークである虎柄が選ばれた。

柳嗣に紹介された商人から豹柄《ひょうがら》も入手可能になったが、やはり虎が落ちつく。輸入品の豹柄より安くつくのも大きいが、雄々しさがよい。それにこれは、芙蓉虎団の繁栄と必勝への決意表明でもある。

「……なぜ、そんなに胸を張っているのだ？」

おっと、気合いが入りすぎていたようだ。寝所で待っていた蓮華に、天明は呆れた具合の息をつく。

「いいえ、今から決意表明しておこうと思いまして……来季こそは、優勝したる！」

「やはり、野球なのだな」

「それ以外に、なんかあります？」

「皇帝との夜伽《よとぎ》に全力を注がぬ妃があるか」

夜伽、と言われた瞬間、蓮華は両目をパチクリさせた。

一方の天明も、自分がなにを言ってしまったのか理解したらしい。慌てて口を開閉させている。

「ち、違う！　忘れろ！」

そうだ、違う。

蓮華と天明の間に、そのような関係はない。

いつになっても子が生まれるわけがなかった。

「ええボケですね。ほな、ご飯食べましょうか。今日は、串揚げですわ」

蓮華も充分に理解しているので、串揚げセットを示した。串はすでに揚げてあり、特製タレをつけながら食べる。もちろん、二度漬け厳禁だ。

天明も好きなメニューである。大して驚きもせず、「今日はこれか」くらいの反応だった。

「あんな、主上さん。朱燐やねんけど……」

席について、蓮華は一番の引っかかりを口にする。

朱燐は強い娘だ。プレッシャーに押し潰されることもない。立ち振る舞いも見事で、記憶力のよさも突出している。

蓮華が朱燐自身について、心配する必要なんてない。

心配するべきは――。

「なんだ、その話か」

天明が嘆息するので、蓮華は首を傾げた。

今、他になにを話すべきだというのだろう。しかし、天明は串揚げを一本、タレに漬けながら答える。

「お前が心配してどうする。まだ国子監へ行ってもいないのだぞ」

「せやけど、いじめられへんかとか、気になるやないですか」

蓮華が心配なのは、朱燐の置かれる環境だ。

彼女は貧民層の出身である。この国で、彼らがどのような仕打ちをされているか、蓮華は嫌というほど見せられてきた。いや、蓮華が目にしたのは、ほんの一部だろう。もっと酷《ひど》い日常が強いられている。

全国に設置する学府が機能するまで、国子監はほとんど貴族の子息が割合を占めるはずだ。そのような環境で、朱燐がまともな扱いを受けられるのだろうか。

「当然、あるだろうよ」

「…………！」

天明がサラリと答えてしまうので、蓮華は口を閉ざす。

「女というだけでも奇異の目を向けられる。そのうえ、名なしだ。しかも、朱燐は身分不相応の見事な立ち振る舞いを披露するだろうな。野球を観た者が、学生にもいるかもしれない。不当な扱いを受けぬという理由がないだろう」

「じゃあ、なにか対策を――」

「耐えろ」

蓮華を遮る形で、天明は短く告げた。

命令と言ってもいいかもしれない。

「お前が過剰に守れば、朱燐の評価が落ちる。金持ちに拾われ甘やかされる名なしという評判は、なかなか覆らないぞ。それでよいのなら、好きにしろ」

甘かった。

蓮華は、朱燐の将来のため、そして天明の国づくりのため、受験を勧めた。だが、認識が甘かったのだ。

天明は朱燐につきまとう周囲の評価も織り込み済みだった。そのような風評被害をはねのけてこそ、認められると言っている。朱燐だって、理解していないわけがない。全部、覚悟したうえで受験するのだ。

蓮華の心配は、そんな天明や朱燐を邪魔する行為だった。

「朱燐が耐えられぬと言うなら、耐えさせろ。それが、お前の役目だ。人を励ますのは得意だろう？」

一度、名乗りをあげたならおりることは許さない。官吏になる——政へ携わるには、並大抵の覚悟では足りぬのだ。

だから、芙蓉殿の者たちも朱燐を応援している。朱燐の覚悟に敬意を表しているから。国子監での嫌がらせで潰れてしまう人間は、そもそも官吏に必要ない。

蓮華だけが、ずっと朱燐を甘やかそうとしていた。

理解しているつもりだったのに……。

「朱燐のみが特別ではない。みな、相応の想いを抱えている」

天明は二本目の串を食《は》む。

「だが……俺も視察へ行く予定だ。そのときに、様子くらいは見てやろう」

蓮華の気持ちを少し汲《く》み取ってくれているのか、天明はつけ足しながらフォローを入れる。

「主上さん、二度漬け厳禁です」

「あ……」

天明が無意識のうちに、串をタレに二度漬けしていたので、蓮華は堪らず指摘した。

会話の流れが両断されてしまうが、マナーは守ってもらわなければ困る。

「まあ……言いたいことは、理解しました……」

気をとりなおして。

天明の言うとおりだった。蓮華が過度に心配するのは、朱燐のためにはならない。今後、蓮華がずっと朱燐の世話を焼いて生きるわけにもいかないのだ。

お節介。お人好し。言われ慣れている。焼ける世話は焼きたいし、困っている人には手を差し伸べたい。だが、度を越すのは、他人にも自分にも害となる。

今は朱燐自身の力を示すときだ。

覚悟を決めるのは、蓮華のほうである。

親離れしようとする子を見るような気持ちだった。

「ところで、俺も今日は話したいことがあったのだが」

しばらく、無言で串揚げを食べ続けたあとで、天明が口を開く。

蓮華も、流れでもぐもぐと咀嚼しながら「なんです？」と応答する。鶏の串揚げは淡白だが、旨《うま》みと塩気が凝縮されていた。

「あのとき、なぜ帰った」

すぐわかった。野球のときだ。

蓮華は、さっと天明から目をそらす。

「え……なんでって、うち邪魔そうやったから……？」

別に、焦る必要なんてない。なのに、蓮華の頭には、天明が露生の手をにぎっている光景が浮かんできた。顔もちょっと熱い気がする。

いくらなんでも、耐性なさすぎやろ、うち。

「なぜだ」

なぜなぜって、なんやねん。こっちのセリフやわ。蓮華は思わず、ムッとした表情を作ってしまう。

「いつ、俺がお前を邪魔だと言ったのだ」

「そういう言われ方をされたら、ないですけど……」

けれども、日本人として育った記憶のある蓮華としては、建て前を無視してはっきり「邪魔や」と言う人間を、そこまでたくさん見たおぼえがない。京都人《きょうと》から、「あら、まだいはったん？」とか鼻で笑われたときは、さすがにどうかと思ったけど。

「お前が逃げる必要などないのだ」

いつになく、天明の機嫌が悪くなっている。さっきまで、もぐもぐもぐもぐと、串揚げを食べ続けていたのに。

「前にも言ったが、郭露生はお前の考えているような女ではない」

天明は心底嫌そうに、いや、面倒くさそうにテーブルに肘をつく。

「だって、手にぎってはったし……」

「やはり、のぞき見ていたのか」

しゃーないやん。蓮華は誤魔化すように笑ったが、天明には、そこを責め立てる気はなさそうだ。

「露生は……お前の前任だ」

「はい？」

前任？　天明の言い回しに、蓮華はピンと来なかった。

「うちと同じでお飾りの寵妃やったって、ことですか？」

「そうだ。妃ではなかったがな」

天明は気怠げに肯定する。

「俺が後宮にいる間、協力させていた一人だ」

天明は皇帝として即位する前から、無能を装っていた。兄である最黎皇子を帝位に就けるためだ。

言われてみれば……たしかに、蓮華のような協力者がいなければ、女好きの無能など装えないだろう。もしくは、本当に女遊びをするしかない。というより、ずっと後者だと思っていた。

前帝の妃に手をつけるのは問題となるので、都合のいい女官などを選んでいた、という話は、蓮華もチラッと耳にしている。けれども、蓮華と同じように契約関係があったことには思い至らなかった。

「露生は皇城で勤務していたが、上司の不興を買って後宮へ左遷されたのだ。そこへ俺が声をかけた……そのときの目的は、結局果たせなかったが、今は希望どおりに皇城へ戻している」

天明の口調は淡々としていたが、どこか悩ましげであった。

「だから、お前の考えるような関係ではない」

「はあ……そう、なんですか？」

強めに言い切られて、蓮華は一歩引いてしまう。

誤魔化そうと、串揚げを一本タレに漬けて口へ含んだ。厚切りの豚バラのジューシーさが堪らへん。

そうは言われても、露生と天明の絵面《えづら》がお似合いすぎて説得力に欠ける。蓮華よりも、よっぽど。むしろ、どうして蓮華が彼女の後任なのだろうと、不思議になってしまう。

いや、理由はわかっている。契約関係を結んだ当時の蓮華が、天明にとって都合がよかったからだ。秀蘭を斃《たお》すために必要な駒だった。

「せやったら、主上さん。お世継ぎ、どうする気なんです？」

「だから……なぜ、お前がそんな心配をするのだ」

「心配しますよ。だって、国の一大事やもん。うちだって……いつまでも子供ができへん妃やって、言われとるんやで」

こんなことを明かすつもりなどなかったのに。蓮華は飛び出した言葉に、両手で口を覆った。

天明は一瞬、目を丸くする。

「ならば」

天明は立ちあがり、身を前にのり出した。

空になった串揚げの皿に衣の袖がかかるが、気にせぬ素振りだ。

蓮華はなにかを考える暇もなく、ぼやんと天明をながめていた。

「お前が、子を産めばいいのではないか？」

真剣な眼差しだった。

近くで見ると、天明の瞳は透きとおっている。やや茶がかった硝子玉《ガラス》みたいに、キラキラと澄んでいた。

「は、はいぃ……？」

蓮華はポカンと、間抜けな声をあげてしまう。なにを言われているのか、まったくわからない。あかん。頭に入らへん。

「子供……産むんですか？　うちが？」

確認すると、天明は蓮華から目をそらす。頬が赤い気がしたが、すぐに袖口で顔を隠されてしまった。あ、やっぱり服にソースついとる……。

「お、お前が……自分の評判を心配しているようだったから。子が産めると証明すればいいだけの話だと、言いたくて……」

天明はそのように受けとったのか。と、蓮華は理解する。

つまり、「蓮華は自分に子供を生む能力がないと、周囲から噂されるのが気に食わない」という主張をしたと、勘違いされているようだ。

それは、どっちでもええねん！　どうせ前世独身や、ほっとけ！

「証明もなにも、うちは後宮の妃やから……誰かの子供なんて妊娠したら、えらいことになりますけど」

どうやって証明しろという話だ。不貞を働いたのがバレたら、いくら皇帝様パワーや秀蘭様パワーがあっても、首が跳ぶ。

指摘すると、天明はますます困惑した様子で後ずさった。

「お前……本気で言っているよな？」

「はあ？　自分こそ、寝言ちゃいます？」

どっちが冗談みたいなこと言いよんねん。蓮華は、さすがに眉根を寄せる。

天明はしばらく蓮華を睨みつけていたが、やがて、あきらめたように息をつく。

「今日は帰る」

短く言い捨てて、天明は蓮華に背を向けた。いろいろ納得できないまま、蓮華は天明を見送る。

芙蓉殿から出ていくまで、天明はいつになく機嫌が悪かった。

主上さん、なんか変やわ……。

二

カッキ――――ンと、フルスイングでバットをふって、硬球を打ち返すのはスカッとする。

「はー。やっぱ、野球が一番楽しいわ」

ボールが大アーチを描き、ホームランとなったことを確認し、蓮華は満面の笑みを浮かべた。実に久々のホームランである。悠々と、駆け足で一塁、二塁、三塁とダイヤモンドを移動した。

「ちょっと、蓮華！　こちらへ飛ばしなさいよ！　わたくしが全部とってみせるのですからね！」

一、二塁間で甲高い声をあげるのは、夏雪だった。赤と白が基調のユニフォーム姿は、もうお馴染みのもの。

今日は、蓮華の芙蓉虎団と、夏雪の牡丹鯉団の練習試合だった。現在、コ・リーグがシーズンオフなので、成績に関係しない。

「夏雪は身軽で、ファインプレー連発やから。そっちに飛ばさへんのは、戦略の内やで!」

蓮華は軽く言うが、実のところ、まぐれのようなホームランだった。もとから投手で、打者《バッター》としてはあまり強くない。加えて、近ごろは練習不足。

しかし、思いっきりバットをふってのホームランは気持ちがいい。悔しそうにしている夏雪には申し訳ないが、今日は勝たせてもらおう。

蓮華は得意げに笑いながら、ホームベースを踏んだ。


……はずだったのに。

「いいかしら。来季の優勝は、牡丹鯉団なのですからね。わたくしの球団が、一番守備力が高いのだから!」

九回裏を終え、スコアボードに刻まれた点数は、二対三。芙蓉虎団と牡丹鯉団の練習試合は――牡丹鯉団の勝利となった。

「なんでやー! 途中までええ感じやったのにー!」

地面に両手両膝をつけ、蓮華は項垂れる。

蓮華がソロホームランを放ったおかげで、めちゃくちゃ勢いがついていた。このまま勝てると確信した。

しかし、夏雪も宣言したとおり、牡丹鯉団はコ・リーグにおいて一番の守備を誇る球団だ。身軽で忍者のような二塁手《セカンド》の夏雪を筆頭に、守備陣が固い。なかなか攻めきれず、じわじわと押し戻されてしまったのだ。

コ・リーグの決勝には残れなかったが……みんな、牡丹鯉団と当たるのは嫌いだろう。牡丹鯉団の攻撃力は高くないが、単純に攻めにくい。

失念して、調子にのった蓮華が悪かった。

「うう……もっと、練習せなあかん……」

「そうよ、蓮華。最近、朝練にも来ないではありませんか。とても、寂し……いいえ、張り合いがなくってよ！」

「せやなぁ……」

蓮華の自由にできる時間は限られている。どうしたものか。事業のいくつかを、完全に他人へ移行してしまえば……だが、蓮華としてはどれも楽しい。自分の目が届く状態にしておきたいのだ。

むしろ、野球は球場やリーグ運営に徹して、芙蓉虎団を新しい監督にまかせるべきなのかもしれない。いや、それも嫌や……つまり、蓮華は欲張りであった。

「今日は、足の速い侍女はいないのかしら」

「ああ、朱燐やったら選手登録外《はず》したんや……」

夏雪に問われ、蓮華は肩を落としながら答える。

「え……怪我《けが》でもしたのかしら?」

事情を知らないため、夏雪がギョッと目を剝《む》いている。

「ちゃうちゃう!　変な意味はないんや。勉強が忙しなるから……」

蓮華は取り急ぎ、事情を説明する。

朱燐本人は、野球も続けたいと言っていた。けれども、さすがに国子監へ通いながら侍女の仕事もして、野球を続けるのは無理だと判断したのだ。

日程的に、試合にも出られないことが多そうだった……試合に出られない選手を登録しておくなら、別の者をベンチ入りさせたほうが、後続も育つ。

「ふうん……国子監へ」

「せや。もう、通いはじめとるで。芙蓉殿も、寂しなったわ」

官吏登用試験を受けると決めてから、朱燐は国子監へ通い出した。実にスピーディーである。蓮華がハブられた決起会から、あまり時間を置いていなかった。

「以前なら」

夏雪は、ぽつんとこぼし、うずくまった蓮華を見おろす。蓮華はポカンと口を半開きにしながら、夏雪を見あげた。

「名なしのくせに、分不相応ね。とでも、思ったでしょう。そもそも、蓮華と同じ球団にいるのも、一緒に野球をしなければならないのも、最初は嫌だったもの。蓮華のために、我慢をしていたのよ」

夏雪の言葉は正直であった。

凰朔国においてのスタンダード。ましてや、陳家は大貴族だ。その令嬢ならば、当然の考えだろう。

「でも、朱燐はいい選手だから」

夏雪は唇を尖らせながら、腰に手を当てる。いつも一番になりたがる夏雪が、他人を褒めるのは珍しい。恥ずかしいのだろうか。頬がわずかに赤く染まっていた。

蓮華はゆっくり立ちあがり、両手と両膝についた土を払う。

「悔しいけれど、わたくしよりも……足が速いもの。さすがは、蓮華の侍女ね。凰朔真駄武に仕えるのだから、それくらい優秀でなくては駄目だわ」

夏雪は大阪マダムの意味、わかっとるんやろか。蓮華はおかしくなって、ぷっと噴き出した。

「せやな。めっちゃええ娘なんや。夏雪がわかってくれてて、うちは嬉しいで」

「当たり前よ。わたくしだって、凰朔真駄武の端くれだもの。ちゃんと、わかっていますよ！　きっと、朱燐は試験にだって及第するわ。なんと言っても、このわたくしが認めたのですから。それくらいは達成してくれないと困るのよ」

夏雪なりに、朱燐を応援している。この言葉を、そのまま朱燐に聞かせてあげたかった。

大貴族の夏雪が朱燐を認めてくれたのが嬉しい。朱燐の能力あってのことだが、その手伝いができたのは誇らしかった。

こんな風に、もっとたくさんの人の意識も、変わったらええなぁ……。

「夏雪に言われたら、心強いわ」

「当然です。わたくしが一番、蓮華との凧派《たこぱ》が多いのですからね」

胸を張りながら、夏雪が笑う。しかし、次の瞬間には、ちょっとだけむくれはじめる。急に喜怒哀楽が変化して、蓮華は首を傾げた。

「どうして、朱燐の推挙人をわたくしに相談しなかったのですか。劉家よりも、陳家のほうが家柄がいいのよ」

「あー……それはそうなんやけど、これについては主上さんが決めたから」

「主上のご決定なら仕方がないけれど……でも、わたくしだって、もっと蓮華の役に立てるのですからね」

「夏雪はめっちゃ役に立ってるで。たこ焼きも、野球も、漫才も、夏雪がおったから成功したんや」

拗《す》ねる夏雪をなだめて、蓮華はぽんぽんと頭をなでる。実際、蓮華の事業にいち早く賛同して、協力してきたのは夏雪だ。充分、感謝している。

「そうかしら」

「そうやで」

夏雪は、ひかえめに蓮華を見ながらつぶやく。もう拗ねていない。くるっと表情を変えて、脇に立てかけていたバットを手にとる。

「では、わたくしが特別に追加練習につきあって差しあげます。蓮華は、わたくしの好敵手なのだから」

バットを太陽に突き出し、夏雪は高らかに笑った。

「あいよー」

蓮華は改めて腕まくりして、グローブを持つ。

今日は練習試合のために、わざわざ予定を空けていた。

思う存分、練習といこう。

夕刻まで、バットで球を打ち返す音と、乙女たちの掛け声が、後宮のグラウンドに響いた。

三

野球の翌日にお役所仕事は、なかなかの落差がある。

久々にしっかり練習したので、身体が少し痛い。だが、皇城を移動するには問題なかった。

蓮華の日常に、礼部での勤務もすっかり組み込まれている。

礼部尚書に任命された鴻柳嗣は、蓮華の父だ。生粋の商売人で金勘定は得意だが、政には向かない。それなのに、国の教育や祭祀《さいし》を司《つかさど》る機関の一番偉い人に据えられている。

これは、天明の采配した人事だ。官吏登用制度や学府を管轄する組織には、従順な者を置きたい。目立つお飾りとして柳嗣を配置したのである。

さらに、侍郎《じろう》には李舜巴という男をつけていた。家柄が然程《さほど》よくないせいで、尚書には就けない人間である。これは彼を活かすための人事らしい。

天明の言うとおり、舜巴はよく働く生真面目なお役人だ……苦労人とも呼べるが。

お飾り尚書の柳嗣の個性《キャラクター》が想定外に濃すぎて、舜巴には制御しきれなかった。だから、蓮華がときどき、柳嗣の話し相手として招喚されている。あと、漫才事業の相談もあった。

柳嗣も柳嗣で、お飾りらしく出廷などしなくてもいいのに。だが、柳嗣という男は目立ちたがり屋の化身だ。嫉妬だろうと、なんだろうと、注目されるのを重視する。成り上がりの商売人が皇城に通う。これすなわち目立つ。目立つ・イズ・正義。思考回路が単純であった。

「お父ちゃん、今日も元気にしとるやろか。まあ、元気やろな」

独り言にセルフツッコミしながら、蓮華は礼部へと足を運ぶ。

体格を隠しやすい、ゆったりとした袍服。髪を結い、身長を上げ底の靴で誤魔化した男装姿だ。

皇城へ出入りする際は、陳蓮という偽名を使用していた。

今日も元気に、レッツお仕事。差し入れも持参して、蓮華は長い回廊を進んでいた。もう道順は覚えたし、慣れたものだ。

「あ……」

回廊からは庭が望める。

池の水面に、楼閣が映る風雅な景色であった。後宮の華やかさや、水墨画の壮麗さともちがう。

その池の畔《ほとり》に、蓮華はどこかで見た姿を認めた。水面をのぞき込むように佇《たたず》んでいる。思い詰めたような瞳が儚げで。しかし、唇は気丈に引き結ばれていた。泣くのを、我慢しているような――。

「露生さんや」

天明と会っているときの顔を思い出し、蓮華は身を縮こめる。つい隠れそうになってしまった。

露生は蓮華の前任だと、天明は言っている。皇子として後宮で過ごしていたころ、彼女は天明に協力していた。

それだけの関係だ。

せやけど……だったら、なんで、あんな顔で見つめあってたん？

「……なんでしょうか」

蓮華が立ち止まっていたせいで、露生に気づかれてしまった。いまさら逃げると、さらに怪しまれるだろう。

「あー……っと」

蓮華はコホンッと咳払いして、姿勢を正す。ここは、いつもの蓮華ではなく……凰朔の男っぽいこと言わな！

「美しい女性が、思い悩んでいるご様子でしたので」

ちょっとキザっぽい？　胡散臭《うさんくさ》い？　蓮華は精一杯笑みを貼りつけたが、露生は訝しげにこちらを睨むばかりだ。

「悩みでも……あるんかなーって……ほら、綺麗な顔が台無しや」

だんだんと、メッキが剝がれる音がした。露生の表情も、どんどん険しくなっていく。眉間にしわが寄り、厳しい目つきを蓮華に向けた。

「余計なお世話です」

露生は毅然とした態度で、池の畔から立ち去ろうとする。

「でも、さっき」

涙を堪えてるように見えたんや。

蓮華は言葉を続けようとしたが、露生は背を向けた。

「あなたのような男が、一番嫌い。美しいから、なんだと言うのよ。そんなもの、なんの役にも立たないわ」

気丈に言い放つ声には、棘《とげ》がある。

そういえば……天明は、露生が左遷されて後宮にいたと話していた。上司の不興を買ったのだと。

今は後宮ではなく、皇城の勤務に戻っているはずだ。仕事でなにか嫌なことがあったのだろうか。彼女の様子を見ていると、そんな気がした。

この国の差別意識は根深い。

名なしの朱燐だけではない。

女も充分に生きにくい世界だった。

蓮華だって、商売がしたいという意思を無視され、後宮に入れられている。夏雪も同じだ。劉貴妃は、武官の家系なのに、女という理由でのびのびと生きさせてもらえない。仙仙は皇族との繋がりを強めるため、好きでもない相手の後宮に入った。

多かれ少なかれ、みんな不平等を味わっている。

朱燐の決起会に集まった芙蓉殿の面々を思い出す。彼女たちも、女であることの不平等さから、朱燐の応援をしていたのだ。

露生は、美しいからなんだ、と言った。女であることに意味はないと、伝わってくる。

この人も、苦しんでるんやな……。

「あの、ほんますんません」

足早に立ち去ろうとする露生の背に、蓮華は弱々しく謝罪した。

今の蓮華は男装している。女の立場で、露生を慰める発言はできない。

「でも、きっと……よくなりますって。主上さ、いや、主上も国を変える努力をしています。だから、信じましょう」

このくらいが精一杯だった。

蓮華の言葉に、露生はピタリと足を止める。

「主上……」

露生はつぶやいたあと、蓮華をふり返る。

その目は、悲哀に満ちていた。

天明を呼びながら、どうしてこのような顔をするのだろう。露生の表情が、蓮華の心に強く刻まれていく。

「あまり夢を見ないほうがいいわ……すぐには、変われないのだから」

露生はそう言い捨てて、再び歩き出した。

蓮華は呼び止めようとして、口を噤む。彼女の態度は、これ以上の言葉を望んでいない。それに、後宮の妃だと露見するのもよくなかった。

郭露生。蓮華の前任者……本当は、ゆっくりと天明について聞いてみたい。

二人は、本当に契約だけの関係なのだろうか。

途中で露生と会ったせいで、礼部への到着が遅れてしまった。

薄暗い書庫を抜けて礼部へ入ると、すぐに「蓮華よ！」と声があがる。

「あ、お父ちゃん。儲《もう》かりまっか？」

お決まりのあいさつをすると、鴻柳嗣は嬉しげに胸を張った。

「もちろんだとも。派手に儲かっておる！」

礼部尚書というお堅い肩書きに似つかわしくない金ピカの衣装で、柳嗣は両手を広げた。今日は一段と金糸の刺繍が多くて輝いている。新しく買ったので、蓮華に見せびらかしたかったのだろう。

「はは。そこは、ぼちぼちって答えとくんやで」

派手好きな柳嗣らしい返答なので、これはこれで落ちつくのだが。

やっぱり、実家の父と話すのは楽しい。

蓮華は嬉々《きき》として、持参した包みを解いた。

「見てや、見てや。お父ちゃん、うちの新商品やで！　次は、これ売るんや！」

開発中の新商品だ。ようやく形になったため、今日の差し入れとして持ってきたのである。

「おお……蓮華」

鴻柳嗣はふくよかな丸顔に、キラキラとした笑みを浮かべる。

「これは、素晴らしく……派手ではないか！」

子供みたいに両手で頬を押さえながら、柳嗣が叫ぶ。

蓮華が持ち込んだのは、豹柄の木箱だ。柳嗣が豹柄を入手してくれたおかげで、真似して刺繍や絵で再現できるようになった。

「派手なんは、箱だけやないで」

蓮華はニマニマと笑いながら、大袈裟な動作で箱をジャンッと開ける。

「これは……黄金に輝いておるではないか……！」

柳嗣が両目を丸くし、手を広げた。反応が派手で、ありがたい。

木箱には、真ん中に穴の空いた円形の菓子がおさまっていた。

薄い層を重ね、ていねいに、ていねいに焼きあげたバウムクーヘンだ。しっとり、ふっくらやわらかさが売りである。

「輝いておる。蓮華、これは飴か？」

「せや。薄くてパリッパリの飴ちゃんやで！」

バウムクーヘンを彩るのは、赤砂糖のキャラメリゼだ。薄い飴状となり、甘いばかりではなく、パリッとした食感も楽しめる。これが黄金に輝いて見えるのだ。

見た目も味も贅沢《ぜいたく》な逸品だった。西域《さいいき》のバターや砂糖をふんだんに使用するので、高級品に分類される。

商品化された際のキャッチフレーズは、「リッチな生活のお供に、リッチなお菓子をどうぞ」。貴族向け商品である。手土産にすれば、評判があがることまちがいなし。

「名づけて、マダムレンカのマダムブリュレや！」

ドヤッと、蓮華は胸を張りながら告げる。

「ほお」

柳嗣は感嘆の声を漏らした。

「これが……凰朔真駄武なのだな」

いや、大阪マダムやけど。どうも、こちらの人間に「大阪」という単語は伝わりにくいようだ。説明するのも面倒なので、あえて訂正しないが。ついでに言うと、菓子そのものが大阪マダムみたいな呼ばれ方も、ちょっとどうかと思うわ。

「味は折り紙つきや」

凰朔では、あまり西域の菓子が普及していない。柳嗣は珍しいものや、新しいものに目がなかった。

もちろん、後宮でも売るつもりだが……蓮華には、欲がある。

これを皇城に広め、貴族の心をつかむのだ。

「お父ちゃん、偉い人の飲み会にも、よう行くやろ？　そこに珍しいモン手土産にしたら、めっちゃ目立つと思うねんけど」

柳嗣は目立つし、顔が広い。なにより、本人が望んでそのように行動している。

反秀蘭派の貴族の結束は強く、脅威だ。しかし、それ以外が天明の味方かといわれれば、そうでもない。どちらにもつかず、宙ぶらりんな態度をとる者も多かった。夏雪の陳家なども、その一角だ。

姑息《こそく》かもしれないが、ちょっとずつコツコツ懐柔する。こんなもので政治は動かせないけれど、こちら側の印象をよくしたい。

新しい風を求める貴族だっているはずだ。天明の側についたとき、凰朔の未来を考えるきっかけになればいいと思う。

食卓外交とはちゃうけど、これだって、立派な戦いや。

「これは、これは……味まで、派手だな！　気に入った！」

蓮華の思惑を読んでいるのか、いないのか。柳嗣は、マダムレンカのマダムブリュレを食べて目を輝かせている。

「凰朔真駄武の舞流麗《ぶるれ》だったな。今度、手土産にしてやろう」

マダムレンカのマダムブリュレな！　しかし、いたく気に入ってくれたので、結果オーライだ。

まいどありー。蓮華はニコニコで、柳嗣からの注文を承った。

「舜巴さんも、おつかれちゃんやで」

蓮華は室内にいたもう一人にも、声をかける。マダムレンカのマダムブリュレと一緒に、お茶も出す。

舜巴は侍郎として、柳嗣の世話をしながら、キリキリと仕事をこなしている。柳嗣への売り込みも大事だが、本音を言うと、彼への差し入れでもあった。

「いつも、ありがとうございます。お気遣い痛み入ります」

茶を出す蓮華に、舜巴が頭をさげる。

本来、蓮華の立場なら舜巴に茶を淹《い》れるなどあり得ない。最初のころは、蓮華がこんなことをしなくてもいいと拒否されていたけれど、次第に慣れたようだ。

本当に……身分とか、階級とか、うるさくて生きにくい。少なくとも、凰朔の生活は蓮華にとって窮屈だ。なによりも、みんなが楽しそうには感じられない。

「そうだ、鴻徳……陳蓮。野球についてお話があるのですが」

蓮華のお茶を一口だけ飲んだかと思うと、舜巴はすぐに書簡を漁《あさ》りはじめる。

仕事熱心なのは結構だが、こちらは小休止してもらうつもりだったので、蓮華は苦笑いしてしまう。けれども、彼は仕事が好きなのだというのも、なんとなく理解している。いつも目の下にクマを作っているが、どことなく楽しそうでもあった。

「漫才の話やないんですか？」

てっきり、舞台に吉本《よしもと》新喜劇名物「滑る階段」を設置する話かと思っていたが……。

「そちらは、あとで。こちらは別件でして」

忙しいやっちゃ。蓮華は苦笑いしながら、椅子に腰かけた。ま、野球の話やったら、どんと来いや。夏雪にけちょんけちょんに負けた傷は癒えてへんけど。

「凰朔全土に学府を置く計画を進めているのですが、その科目の一つにと考えておりまして」

「野球を？」

「然《しか》り」

舜巴の示す書類を、蓮華ものぞき込んだ。学府の話は天明からも、ある程度聞いたので知っている。

「まずは国子監に、投接球《きやっちぼーる》を導入したのです。方法が単純明快で、費用もさほどかかりませんから」

野球を広めるうえでのネックは、コストだ。

最低限、人数分のグローブと、バット、ボールが必要だった。そのうえ、広大な敷地に球場を作るので、現状、プレイヤー人口があまり増えていない。都で観戦する娯楽に止《とど》まっていた。

この問題を解消するために、ソフトボールを作製してキャッチボールからはじめようという案を出していたのだ。それを学府の科目として採用したいというのが、今回の舜巴の意見であった。

たしかに、学府での軽い運動には、それくらいがちょうどいい。

「学府で上手く運用できているか、ご意見がほしいと思いまして」

「って言うと？」

舜巴の言葉に、蓮華は聞き返す。

「よろしかったら、礼部の視察に陳蓮も同行ねがえますか?」

「視察!　それって、国子監の?」

「左様」

思いがけない提案に、蓮華はパッと笑顔になった。

朱燐の様子も見に行けるし、一石二鳥ではないか。

天明には、耐えろと言われた。それは理解している。

しかし、朱燐の環境を改善する手伝いはできるかもしれない。朱燐を贔屓《ひいき》するのではない。似たような境遇の者が、今後も学べる環境を整えるためだ。

「うち、行きますわー!」

元気に答えると、舜巴も喜んでくれた。

「あ」

……と、蓮華は一つ思い出す。

そういえば、天明も視察があると言っていた。

「まさか、なぁ?」

できたてほやほやの国子監とはいえ、そう何度も何度も、中央から視察が来るものだろうか。皇帝が来て、礼部が来て、ひっきりなしになる……。

いやいやいや、でも、まとめて一回で済ませるのも雑ではないか。こういうのは、ていねいにするもんや。

四

まさかの一緒くたやったわ。

皇帝や貴族の一団に、礼部も付き従う形での視察となった。

「あんま、目立たんようにせな……」

蓮華は偽名を使い、男装している。後宮のときとはちがって化粧もしていないので、パッと見では、別人のはずだ。

しかし、ここのところは野球で顔が売れている。漫才の興行もやったし、蓮華を知っている人間は多いだろう。

とくに厄介なのは貴族たちだ。酒宴で、蓮華を間近に見ている者もいた。

極めつけに今回の視察、不味《まず》いことに遼博宇がいる。反秀蘭派の筆頭貴族だ。顔は通天閣《つうてんかく》のビリケンさんとそっくりなのに、腹の中は真っ黒。何度も蓮華たちを策にかけようとしてきた。

どうせ、なにか粗探しでもするつもりなのだろう。あまり近づかないように注意しながら、蓮華は遼博宇を睨みつけた。

とにかく、今回は動きにくい。

こんなことなら、天明か秀蘭に事前相談をしておくのだった。きっと、「人が多いからやめておけ」と言われたはずだ。

「鴻……陳蓮殿、私から離れてはなりませぬぞ」

蓮華を気遣ったのは、劉清藍だった。

もちろん、皇帝の護衛としてついてきたのだろうが、大きな身体で蓮華を隠すように立ってくれる。

天明が気を回して「蓮華を隠しに行け」と命じたのだ。当然、天明にも、蓮華が交じっているのはバレているわけで……。

「主上さん、怒っとるんやろなぁ……」

「主上は陳蓮殿にご執心ですからな。すぐに気づいておられましたよ」

ご執心は、ポーズやけどな。蓮華は愛想笑いで返しておく。

普段は大声で非常に目立つ清藍だが、いつもではない。任務として必要と感じれば小声で話すし、機転も利く。

妹である劉貴妃の頼みに弱く、漫才舞台や野球につきあう印象のほうが強いので忘れがちだが、本職は禁軍の総帥である。頼りにならないわけがない。

「まあ、私のそばにいれば目立ちますまい！」

清藍は頼もしく言いながら、はっはっはっ！　と、笑いはじめた。が、その声が大きかったため、一瞬で注目を集めてしまう。蓮華は清藍の陰にビクビクと隠れた。

けれども、誰も大して気にしていない。清藍に視線が集中して、みんな蓮華に注意を向けなかった。

「劉殿は、今日《こんにち》もご健在ですな」

「勇ましい限り」

こんなことあるぅー？　完全に、「いつものやつ」で、流されている。

ヒヤヒヤさせられたが、これはこれですごい能力だ。柳嗣がうらやましがりそうな目立ち方である。

「これはこれは、鴻尚書殿」

「おお。そこにいらっしゃるは……えーと……遼殿でしたかな！」

蓮華が気配を消している間に、礼部尚書の肩書きを持つ柳嗣が、遼博宇から絡まれていた。

柳嗣はわざとらしく、遼博宇の名前を思い出す素振りをしているが、わざとだ。遼博宇が嫌みを言い、柳嗣が受け流すのが常態化していた。

二人とも、飽きもせず毎度同じコントせんかてええのに……。

「お飾り殿が斯様《かよう》な場所に来られたところで、なんの役に立つというのか」

「姿を現さぬ飾りに、なんの意味がありましょうか。顔を出せば出すほど、私も目立って株があがるというもの」

遼博宇の嫌みをツルンッと跳ね返しながら、柳嗣は立派な髭《ひげ》をなでていた。いつもながら、まったく通用していないのがウケて、蓮華もぷぷぷっと笑いそうになってしまう。

しかし……蓮華は無意識のうちに、周囲を確認した。

普段、遼博宇のうしろに控えている紫耀の姿が見当たらない。今日はいないのだろうか。それとも、別行動か。

視察と言っても、貴族たちはそれぞれ好きに動いている。興味のあるところを見物するスタイルのようだ。常に一塊《ひとかたまり》ではなかった。

だから不思議ではないが、いつもの定位置にいないのは、若干気になる。それとも、普段は、それほど遼博宇にべったりでもない、とか。

あの兄ちゃん、なんか苦手やねん。

書庫で遭遇したときも、漫才の劇場で話したときも……底が見えなくて、気持ちが悪かった。雲や霧みたいに、実体がつかめない。

こちらがなにを言っても、ひらひらかわされてしまう。陳蓮に変装した蓮華に気づいていながら、主《あるじ》の遼博宇に報告しなかったのも、なおさら気味が悪い。

味方やったりするんやろか……でも、なに考えてんのか、ほんまわからん。

「あ」

視察の一団が、学生たちのいる講堂へと入る。

その中に朱燐の姿を見つけ、蓮華は思わず表情を明るくした。

学生たちは国子監での成績順で席についている。いつでも明確に、自分たちの実力がわかる胃の痛いシステムだ。蓮華はあまり好きな方式ではない。が、ここにいる全員がライバルだと思って勉強せねばならないのも、承知している。

朱燐の席は、一番うしろの端。

成績が芳しくないのだと、席順が示していた。

国子監へ通うようになってから、蓮華が朱燐の顔を見る機会が減っている。朱燐の労働時間を大幅に削減したためだ。朱燐が国子監でどのように過ごしているのか蓮華は知らない。愚痴の一つも聞けていなかった。

朱燐はうつむき、黙々と筆を動かしている。書物を書き写しているようだ。ほかの学生とはちがう課題だ――。

「って……」

気がついてしまった。

朱燐の書机に置かれた書物の量が多い。教科書の類ではないだろう。他の学生には、あんな量の課題は与えられていない。明らかに、朱燐だけ増やされていた。

成績が芳しくないから、追いつくために？

そうではないと思う。

朱燐は国子監へ入る前に、四書《ししょ》や五経《ごきょう》をはじめとした必要な書を通読している。そして、朱燐は一度読んだ書物の内容を、ほぼ暗唱できるのだ。宮仕えする貴族の子息などに比べれば、よほど出来がいい。そんな朱燐だから、天明も官吏にほしいと言っている。

ゆえに、蓮華には……朱燐の実力が低いとは思えなかった。むしろ、通常の修学ペースを考えれば、優秀すぎる。

老師《せんせい》からも、嫌がらせされとるんや。

そう直感した。気づいてしまうと、ムッと口が曲がっていく。なにか文句を言いたくて、拳をにぎりしめた。

「…………」

けれども、いったん落ちつく。

視察団の先頭には、天明が立っていた。彼は決して蓮華をふり返ることはない。

耐えろと言われたのを思い出す。

ここで蓮華がしゃしゃり出るのは許されない。朱燐の評価を落とすばかりか、周りの貴族に顔が割れる。もう二度と陳蓮の名で、皇城へ出入りできなくなってしまうだろう。

せやけど、こんなん……。

蓮華は朱燐を見つめて、唇を嚙む。

「老師」

冬の朝を告げる鐘音みたいに、凜とよく通る声であった。中央付近の席から聞こえてくる。

ていねいな礼をしながら、一人の学生が立ちあがった。

青年だと思う。断定できないのは、仮面で顔が見えないからだ。声に覇気があるので、年若いということだけがわかる。

白い仮面は独特だ。縁に、白髪に見立てた毛もついている。とにかく、仮面のせいで見目が特徴的すぎる。

しかし、あれがどういう仮面なのか、蓮華の記憶にはあった。蓮華が幼いころ、天然痘に似た病気が凰朔国で流行っていたらしい。死者も出たが、完治しても痣《あざ》が残るケースがあった。

顔に大きな痣が残った人は、仮面で隠すことがある。とくに貴族の子息は、病魔に冒された顔を人前に晒《さら》すのは恥だという考え方が根強い。

あの青年も、顔を見せられない貴族の子息なのだろう。

「黄英翔《こうえいしょう》、どうした」

老師に発言を許され、青年は再び一礼する。

「私めにも、追加の課題をください」

意外な発言であった。

黄英翔と呼ばれた青年は、チラリと朱燐を一瞥《いちべつ》する。だが、それ以上はなにもせず、ただ視界に入れただけだ。

「またか。充分な量のはずだが」

「まだこなせます」

英翔は頑なだった。表情は仮面で見えないけれど、声に張りがある。引きさがるつもりはなさそうだ。すごい熱量で、傍《はた》から見ている蓮華も圧倒される。

「……わかった」

老師はしばらく黙っていたが、やがて折れる。もう、このやりとりが何度もくり返されている様子だった。英翔が課題の追加を求めるのは、初めてではないのだろう。視察が来ているからと、見栄《みえ》を張ったわけではない。

なんか……朱燐と、張り合ってるん？

根拠はないが、蓮華にはそう感じられてしまった。音もなく座する英翔のことを、蓮華はぼんやりと見つめ続ける。

「陳蓮、中庭の準備ができたそうです。先に見てきてもらえますか？」

蓮華がぼうっとしていると、舜巴が耳打ちしてくれる。

そうだった。蓮華は今日、キャッチボールのチェックをしにきたのだ。本来の目的を忘れてはならない。

「わかりましたわ。先に行ってきます……劉のお兄ちゃん、うち中庭行かなあかんのやけど」

蓮華は、盾役の清藍にも声をかける。

「なるほど。では、ご一緒しましょう」

「主上さんから離れるけど、大丈夫です？」

「ご心配に及びません。部下がおりますので」

それもそうか。蓮華はすぐに納得した。

「それに、主上はお強い。最近は、私も勝つのがむずかしいのです」

へー、そうなんや。蓮華は、横目で天明を確認した。

大宴で連れ去られた際、蓮華を助け出してくれた話も聞いている。漫才のときも、高い天井の梁《はり》から落ちてきたのに、ピンピンしていた。

多少盛ったのかもしれないが、清藍が苦戦するほどとは驚きだ。素直に蓮華は感心した。

「せやったら、ちゃっちゃと行きましょうか」

とにかく、ありがたい。

蓮華は清藍の申し入れを受け取り、二人で視察団を離れた。

❀　❀　❀

なぜ、あいつがいるのだ……！

視察団の中に蓮華を見つけた瞬間、天明は頭を抱えそうになった。

当初の予定では、貴族連中の随伴はなかったのだ。しかし、秀蘭との協議で、「見せておきましょう」という結論に至った。直前に決定したため、礼部への連絡が間に合っていなかったようだが……蓮華が礼部の視察に入っているのは計算外であった。

偽名で男装しているので、目立ちさえしなければ大丈夫だろう。念のために、清藍を天明の護衛から外して、そばに置いておく。

蓮華のことだ。要らぬお節介とお人好しを発揮しないか、天明は生きた心地がしなかった。

けれども、存外、なにもない。国子監での朱燐の扱いを見ても、黙って耐えていられたのは、意外である。事前に釘《くぎ》を刺したのが効いたか。あいつも他人の言うことを聞くのだな。

やがて、蓮華が視察団から離れていく。正確には、同行した清藍の姿が見えた。おそらく、礼部側の仕事だろう。わざわざ天明が追う必要もない。

「主上、休まれてはいかがですか？　茶の準備もしております」

折を見て、学府長が天明に提案する。

天明としては、休憩など必要ないと考えていた。だが、随伴した貴族連中たちのこともある。それに、この場合の「休み」は、身体を休めるという意味ではない。視察しながらではできぬ話をしたいと、言っているのだ。

「そうしてくれるか」

「は」

天明はすぐに了承し、案内されるままに歩く。随伴の貴族たちも、まばらに別室へと向かっていった。

「…………ッ」

だが、渡り廊下を行く最中、庭を横切る影が目に留まる。

気にするべきではない。それなのに、天明はその人物を視線で追い、表情を変えてしまった。

紫耀だ。

今日は珍しく、遼博宇の供についていないと思っていた。周囲を見回すが、やはり遼博宇と一緒ではない。

紫耀は天明とは逆の方向へと歩いていく。

国子監の見取り図を思い出し、中庭のほうだとわかった。

あんな場所へ、なにをしに行く。あちらは、学生たちが運動をするための——と、考えを巡らせて、初めて蓮華が視察にいる理由を察する。

彼女は野球を広める計画を立てていた。そして、講義には投接球も組み込まれている。蓮華の仕業だろう。此度の視察に同行したのも、投接球の指導とかなんとか、そういう理由にちがいない。

理解はできるが、貴族どもも多くて気が抜けなかった。清藍が上手くやるとは思うが……意識が蓮華へ持っていかれる。

あの男、また蓮華に接触するつもりなのか。

「どうして俺がこのような……」

天明は小声でつぶやき、身を翻す。

「主上!?」

急に天明が進路を変えたものだから、学府長や、付き添いの者どもが声をあげる。煩わしい。

「あちらで野球をしていると聞いた。俺は野球が見たいだけだ」

自分でも、引いてしまうほど白々しい理由であった。それなのに、周囲は「ああ、秀蘭様がお好きですからな」とうなずいている。秀蘭はどれだけ野球に溺れているのだ。と、呆れている場合ではない。

「しかし、主上。供をつけませんと……!」

「すぐ戻る」

天明は慌てふためく学府長たちを置いて、回廊から庭へと飛び降りた。

五

おー。思っとったより、みんな筋がええやん!

中庭でキャッチボールに興じる学生たちをながめ、蓮華は満足げにうなずいた。

朱燐とは、ちがう科の学生だ。勉学のしすぎで、みんな運動不足なのかと思っていたが、悪くない。学生たちはしっかりとボールを投げられているし、キャッチも問題なかった。

そしてなにより、表情が解《ほぐ》れている。和気あいあいと楽しむ空気が感じられた。野球の試合が目標ではないので、これくらいの空気感がちょうどいい。

「なんや、うちが来んでもうまくいってそうやな」

このぶんなら、故郷へ帰った学生たちが自分でキャッチボールを広めてくれるかもしれない。グローブが必要ないソフトボールを作ったのも、効果的であった。

「なあなあ、兄ちゃんも一緒にやろや」

見ていると、こちらも動きたくなってくる。蓮華は堪らず、清藍にボールを示した。ルール変更してしまったが、清藍だってコ・リーグの選手として登録されていたのだ。ここは一丁、本物のキャッチボールを見せておこうではないか。

「いいですなー。では、少しだけ！」

清藍も乗り気だった。

こんなところにキャッチボールを視察に来る貴族たちもいない。さっきまで息が詰まりそうだったので、ここはリラックスしたかった。

学生たちから離れて、蓮華と清藍もボールを投げあう。

「お、なかなかええ球投げるやん。劉貴妃が教えてくれたんです？」

「左様。天藍は昔から、教え上手ですからな！」

大声で清藍が答える。キャッチボールで距離をとっているので、いつもほどうるさくは感じなかった。

「兄ちゃんは、ほんまに劉貴妃が好きなんや」

「天藍以外の兄弟は、みな死にましたからな！」

サラッとエグいこと言ってるけど、大丈夫かいな。蓮華は口を噤むが、清藍は快活に笑い返す。

「気になさるな。戦場で死ねるのは誉れ！」

軍人さんの思想は、よくわからない。

価値観から、全然ちがうのだろう。蓮華が生きた日本には馴染まない考えだから、余計にそう感じる。

凰朔は、今どことも戦争をしていない。だが、辺境では異民族からの侵攻を食い止めるために、慢性的な小競り合いがあった。仙仙がいた延州も、昔は山の部族たちと争っていたのだ。

この国は平和だと思っていたが、身近な人間の家族が亡くなったと聞くと、一気に現実を突きつけられた気がする。

「天藍を後宮へ入れるのも、最初は不安でした」

清藍の声音ははきはきとしていて淀《よど》みがない。蓮華へと投げ返す球も迷いなくまっすぐであった。

「しかし、鴻……いえ、陳蓮殿のおかげで天藍は毎日が楽しそうだ!」

「うちの?」

パシッと球を受けとりながら、清藍がいっそう笑う。

「昔は男になりたい、つまらぬと、ことあるごとに泣いておりましたからな」

清藍の語る劉貴妃は、蓮華の想像とはちがっていた。

劉家は代々、凰朔の軍事をまかされる将の家系だ。男ならば、兵法を学び、武術に励むのが当たり前。四人の兄たちは武人となったのに、末っ子で一人娘の天藍は屋敷で子女の教育を受けた。

つまらない。面白くない。

劉貴妃は、いつも鬱屈した想いを抱え、楽しいものを求めていた。

見合いをしても「つまらないわ」と蹴ってしまう。物のわかる年齢になってからは武術を学びたいだとか、戦に行きたいだとか、我儘《わがまま》は言わなくなったが、清藍は、幼少のときから妹の気持ちは変わっていないのだと感じていたようだ。

そんな彼女が後宮の貴妃となり、野球に打ち込んでいる。禁じ手も厭わず、好敵手たちを本気で潰しにかかろうとする姿は、生き生きとしていて、清藍にとって喜ばしいものだった。

「劉貴妃については、うちも小耳に挟んでたけど……後宮に来る前後で、ずいぶん、明るくなったって聞いてますよ」

劉貴妃の侍女たちがこぼしていたことだ。はじめ、蓮華は劉貴妃がそんな風に変わったとは信じられなかった。後宮で、最初に蓮華のタコパにのってくれたのは、劉貴妃だったからだ。

しかし、清藍の話のあとだと、劉貴妃への印象も変化した。

清藍は嬉しいのだろう。でなければ、妹に乞われたからと、野球や漫才をやったりしない。妹に甘すぎる事情がわかると、納得だった。

「男子の野球チーム、作りたいんです。そのときは、ぜひまた協力してや！」

「お安いご用！」

女のリーグが後宮リーグやから……都リーグとか。ト・リーグ！

「おっと……」

しばらくキャッチボールが続いたが、つい楽しくなってしまった。気が逸《そ》れたのか、清藍の投げたボールは、蓮華の頭上遥《はる》かうえを、ポーンと飛んでいく。

「あー……」

蓮華は背伸びでジャンプするが、届かない。

「申し訳ありません、陳蓮殿！　私が拾って参ります！」

清藍は即座に叫び、走っていく。別に、そのくらい自分でとりに行くって。と、言う暇もなかった。

さっさといなくなってしまった清藍の背中を見送って、蓮華は息をつく。どうやら、壁の向こう側へいってしまったようだ。さすがは、立派な上腕二頭筋の持ち主。後宮の妃たちは、こんな大暴投なかなかしない。

やっぱ、男の選手はええなぁ。主上さんも、野球やってくれへんかなぁ。

「楽しそうですね」

「――――ッ」

耳元で急に話しかけられて、蓮華は息を呑む。誰かが近づく気配なんて、まったくしなかった。

「誰ですか――」

蓮華は、さっとふり返る。

「…………！」

近ッ！

紫耀だった。想像以上の至近距離まで迫られていて、蓮華はとっさに身を引こうとする。けれども、驚きすぎて足がもつれてしまう。息が上手くできず、背筋がひんやりとした。

「じ、自分、いはったんやな」

「主の供に」

なんとか問うと、紫耀は唇にだけ笑みを描く。目元は決して笑わぬのが、なにを考えているのかわからない。

「さっきまで、おらんかったやろ」

「四六時中一緒では、気が抜けませんからね」

本気なのか戯れなのか、紫耀は言いながら蓮華から一歩離れる。蓮華も、呼吸を整えて、紫耀と距離をとった。

「すぐ兄ちゃん、ああいや、劉将軍が帰ってきます」

「時間はかけませんよ。少し確認したいだけです」

紫耀は笑みを湛え、両手を前で組んだ。危害を与えるつもりはないと示しているのだろう。

「齊玉玲」

不意打ちで玉玲の名を聞き、蓮華は表情を強張《こわば》らせてしまう。

「生きているのですね。隠すとすれば……後宮でしょうか」

「………」

黙秘を貫こうとしても、無駄に思えた。紫耀は蓮華が肯定したと見なして、クスリと笑声を漏らす。

「そう警戒しないで。僕は義父に売ったりしませんよ」

「信用なんて、できるはずないやろ……」

「どうして？」

「どうして、って……」

この紫耀という男は胡散臭い。いくらお人好しの蓮華でも、すぐに信用できなかった。

蓮華を毒殺しようとした遼博宇のそばにいる人間だ。遼博宇は天明や秀蘭を脅かすために、実の娘を捨て駒にして殺した。玉玲だって利用するだけして……そんな男に仕える紫耀を、信じろというほうが無理だ。

「僕は今まで、あなたについて義父には告げていませんよ。齊玉玲のことも。なぜ、僕を味方かもしれないとは思えないのですか？」

「それは……」

腑《ふ》に落ちない点だった。どうして、紫耀は遼博宇になにも報告していないのだろう。

逆に薄気味悪い。

ただ主に従順なわけではないのだ。遼博宇に従っているのも、なにか魂胆がありそうでならない。

腹の底が読めなかった。

「僕を知りもしないのに、避けられるのは心外です」

紫耀は大袈裟な動作で、胸に手を当てた。

たしかに、蓮華は紫耀を知らない。

味方なのだろうか。

遼博宇に近い人物が、天明や秀蘭の側についてくれるなら、心強い。

けれども、背筋がぞわりと粟立《あわだ》つ感覚が止まらなかった。もうここから、無理やりにでも逃げ去ってしまいたい。

そして、さっきから……とん、とん、と。紫耀の人差し指が動いているのが気になる。なにかのリズムを刻んでいるのだろうか。なにか意味でもある？

とんとんとん、つーつーつー、とんとんとん。

あかん、モールス信号に見えてきた。気が散ってかなわん。

「…………」

紫耀が一歩前に踏み出し、蓮華との距離を詰めた。スラリと長い手が伸びて、蓮華に触れる。

まだなにもされていないのに、縄で縛りあげられた気分だ。網にかかった魚の心境とは、こういうものか。

どないしよ。下手に……動かれへん。

「なにをしている」

完全に縮こまってしまった蓮華に伸びる手を、誰かが阻む。

蓮華はその段になって、やっと身体が動くようになった。にもかかわらず、全身から力が抜け、ふらふらと倒れるみたいに、うしろへさがる。緊張しすぎた。

「え……なんで」

蓮華の肩を支えたのは、天明であった。

視察の衣のままだ。まさか、蓮華のあとを追ってきたというのか。もしかして、怒られる？　わけがわからず、蓮華は頭がクラクラしてきた。

しかし、天明は肩を抱き寄せながらも、視線は蓮華に向けていない。射殺すような鋭さを、目の前に対峙した紫耀にぶつけていた。

「これは、これは。主上が斯様な場所まで、いったいなにを？」

この場合、紫耀のほうが真っ当なことを言っていた。本当に、どうして天明がこんなタイミングで、ここに。蓮華にもチンプンカンプンだ。

天明は紫耀を睨みつけたまま、一瞬口を閉ざす。

「……野球を見にきた」

嘘《うそ》やろ、それ。

蓮華は条件反射でツッコみそうになったが、ぐぐっと我慢する。空気読めて、うち、お利口さんやな。セルフよしよし。

天明の返答に、紫耀は涼しい顔だった。どちらに余裕があるか、蓮華にも一目瞭然である。

というより……天明が怖い。助けてもらったのに、身体が震えるほどに。紫耀に対して感じていた悪寒とは別の種類だった。

なんや、めちゃくちゃ怒っとるやん……。

「これは、俺のものだ。触れることを許可した覚えはない」

以前にも、「もう他の男に触らせるな」と言われた。蓮華は天明の妃なのだから、他人と不必要に接触しないのは当然だ。

しかし、言い方が気に入らない。そんな、物みたいな扱いせんかて……助けられた立場で文句を垂れるつもりはないけど、モヤるわ。

「公務に寵妃を連れてくるなど、お好きですね」

紫耀は明らかに挑発していた。

天明は理解しているのか、少しだけ唇の端を持ちあげながら、蓮華を抱き寄せる。いい香りのする服だ。視察用なので、全然ソース臭くない。

「いじらしいだろう?」

うちがついてきたみたいな言い方せんとってくれますー？　今日は、たまたまバッティングしてしもたんですー！

蓮華は否定も肯定もできず、天明の胸で縮こまる。衣越しに触れる胸板や腹筋が、カチカチだ。人前で、こんなに抱きしめられるのは初めてだった。いや、二人きりのときだって、ない。

ふと頭に、露生の手をにぎる天明の顔が過る。

見あげると……天明は、露生に向けたのとは、まったくちがう表情をしていた。いつも蓮華に見せている顔とも異なる。

こんな主上さん、初めて見るわ。

「いやいやいやいやいや、人前でなにしてくれてんねん。さすがに恥ずかしいわ！」

だが、すぐに冷静になってきた。蓮華がちょっと天明を押すと、腕の力が緩まる。

「いくら寵妃でも、節度っちゅうもんが……！」

蓮華は寵妃という設定だ。仲睦《むつ》まじさを演じるのも、契約のうちかもしれない。けれども、これはちがうと感じた。

「……………」

蓮華の抗議に、天明は唇をへの字に曲げている。謝罪も言い訳もしない。どう言い返せばいいのか、わからない様子だった。

「では、失礼いたします」

紫耀は優雅に一礼して、一歩さがる。

天明は終始不機嫌なまま、紫耀を睨みつけている。

そこへ、紫耀と入れ替わるように、ヘトヘトになりながら走ってくる学府長と、その従者たちが近づいてきた。

「しゅ、主上……急に走らないでくださいませ……」

ぜえぜえと肩で息をしている学府長と、気まずそうに口を閉ざす天明を、蓮華は交互に見た。

まさか、視察中に抜け出してきた？　なんで？

疑問に思うが、他の者がいる前では聞きにくい。蓮華は目立たないように顔を隠しながら、柱の陰に隠れる。

「悪かった。野球の様子が見たかっただけだ……では、案内を頼もうか」

天明は学府長たちに白々しい言い訳をしながら、蓮華のそばを離れた。

なんだったのだろう。蓮華は、ようやく息をつく。

天明たちが去ったあと、やっと清藍が「陳連殿ー！」と手をふりながら駆け寄ってきた。

「………」

肩の力を抜くと、胸の辺りに違和感があった。

もやもやする、不快感……いろいろ考えることが多いからだろうか。紫耀について、天明について。とにかく、あまり放置しないほうがいい。

蓮華は胸に手を当て、ぎゅっとにぎりしめる。

「って」

胸がもぞもぞすると思ったら——懐に、なにかが差し込まれていた。今気づいた。

そりゃあ、違和感あるわ。物理的に。

「なんやこれ？」

いつの間にか懐に入っていたのは、黒い横笛であった。

六

初めて文字を読み書きしたときから、朱燐はこの感情を覚えていた。

勉学は楽しい。

家は貧しく、両親たちに余裕なんてなかった。花街に二束三文で売られて逃げ出して、家族も報復で殺されて……そんな朱燐にとって、文字などなんの意味もないものだった。

だが、秀蘭に拾われて、朱燐は教育を受ける。下働きとはいえ、貴人に仕えるのだ。礼儀作法は基本である。それと同時に、読み書きも教わった。

最初は大衆向けの小説を読んだ。まったく文字に興味がなかったのに、読めるようになると、途端に楽しくなってくる。今までとはちがう世界が拓《ひら》け、生まれ変わったみたいに視界が鮮やかだった。

朱燐は書の世界にのめり込んだ。次々と読んでいくものだから、秀蘭も感嘆していた。そのうち、四書や五経など、貴族の子息が嗜《たしな》むような書にも手を出す。朱燐ではなく、秀蘭の選書であった。おそらく、後宮や皇城で駒として働かせたかったからだろう。身分が低くとも、学識があれば役立つ。

最初は秀蘭のお役に立とうと必死だったのに、気がつけば毎日が楽しかった。学べるのは幸福だ。機会が与えられた朱燐の幸運は言い知れない。芙蓉殿に仕えるようになっても、暇を見つけては、勉学に励んでいた。

それが今は、主上のお役にも立とうとしている。

重要なお役目なのに、楽しんでいいのだろうか。

「朱燐には、これを課す」

課題の束が無造作に書机へ積まれた。他の学生よりも、明らかに量が多い。すべて書き写し、明日までに暗唱せよという課題である。

全部、一度読んだ書物だ。内容なら、いくらでも諳《そら》んじられる。それでも、老師は朱燐に課題をせよと告げた。

成績は、何度試験を受けても最下位。口頭で質問されても、まちがえたことなどない……不当に評価を落とされているのは、自明であった。

「承知いたしました」

朱燐は慎んで、課題を受け入れた。国子監で評価されなくとも、推薦があれば受験できる。本番では、公正に採点されるだろう。今、不平や不満は言わなくともよい。

本日は視察団と称して、皇城から天明が訪れている。

――お前にとっては、茨の道かもしれぬ。それでも、俺はお前の力が欲しい。

朱燐が試験を受けると決めてから、天明に直接伝えられていた。蓮華も秀蘭も挟まず、彼は朱燐にだけ会い、こう言ったのだ。

出自が悪く、名前もない。こんな朱燐に、皇帝自らが出向いて言葉をかけてくれる。もちろん、以前から面識があってのことだ。蓮華に仕える侍女ゆえで、決して、朱燐が特別だからではない。

天明は茨の道であるという。その言葉どおり、視察中も朱燐には特別な言及はなかった。あえて存在を無視されたのだと伝わる。

それに……朱燐は、助けを求めていない。

覚悟はできていた。

「………」

講義が終わり、視線を感じた。朱燐の席よりも、前のほう。中段辺りから、仮面をつけた青年が一人こちらへ歩いてくる。

黄英翔だ。文官の家系として、代々凰朔の内政を支える黄家。英翔は、その養子だと聞いている。幼いころに病気を患い、顔に痣が残ったそうだ。貴人の中には、それを忌み嫌い、顔を隠す者もいる。

朱燐は課題を布で包みながら、笑顔を向けた。

「私のほうが早く終わるだろう」

「では、どちらが先に寝られるか競争ですね」

朱燐が言い返すと、英翔は不機嫌そうに鼻を鳴らした。仮面の下は見えないが、口を曲げているのが伝わる。

おおむね、いつものやりとりだった。国子監には、朱燐に優しくする者などいない。

けれども、英翔だけは朱燐に声をかけてくれた。

「あなたに一度、聞いてみたいことがあるのだが」

英翔は腰に手を当てる。仕草一つひとつが優雅で、自然と目で追ってしまう。このような立ち振る舞いを、朱燐もしてみたいものだ。しかし、朱燐が彼を真似ると、きっと怒るだろう。

英翔は、初めて会ったときから朱燐を意識している。課題の量を張り合うだけではない。講堂に入る時間の早さや、老師からの質問の多さ、投接球での投球の距離など。あらゆる面で朱燐に勝とうとしていた。もっとも、野球経験者である朱燐に、投接球で勝つのはむずかしいのだが。

最初は敵視されているのだと思った。だが、毎日競っているうちに、そうではないと感じはじめたのだ。

なによりも、朱燐は彼と競うのが楽しい。勉学は孤独な戦いだが、そこに併走する誰かがいるというのは、励みになった。英翔がどう思っているかは、わからないが。

「なぜ、官吏になりたいんだ。女で……しかも、名なしなのに」

英翔の声音は、いつもより平淡だった。なんらかの感情を押し殺しているのが見てとれる。

質問の内容は、多くの人から投げかけられたものだ。過去に質問してきた人間は、それぞれ叱るような、嘲るような、誇るような意味合いが込められていたが、英翔はどの意味も含んでいなそうだった。

朱燐の答えは決まっている。

「最初は……主に勧められたのです。乗り気ではございませんでした」

正直な気持ちだ。

「しかし、朱燐めが自分の脚で歩くことで、救われる人がいるのかもしれないと、思ったのです」

蓮華や秀蘭へ依存し、甘えているばかりではいられない。朱燐は、彼女たちのように、人を救える立場になりたかった。だから、受験を決めたのだ。でも、国子監で学ぶようになって、少しだけ考えが改まった。

「朱燐が道を拓けば、あとに続く方がいるかもしれませんから。私は女で名なしだからこそ、官吏になりたいのです」

朱燐の通った道に、誰かが続く。より進みやすい道ができるよう、整えるのが朱燐の仕事だ。もっと学びやすい環境の手伝いになるかもしれない。朱燐が歩けば、たくさんの人の助けとなるのだ。

きっと、それが天明や秀蘭のねがいである。そして、彼らを支える蓮華も。

朱燐は、もっと多くのものを、恩人たちへ返さなければならない。

「あなたの理想は高すぎる。あまり夢を見ないほうがいいだろう。女人なのだから」

朱燐の意見を聞いて、英翔は露骨に批判した。今までの英翔を考えると、意外だ。

朱燐は少しだけうつむいてしまう。

「官吏になったところで、女人への風当たりは変わらない。まともな仕事さえ与えられないだろう。あなたはその才を、無駄にするつもりか？　後続のため？　そのために、あなたは険しい道を進むのか？　それは、ただの犠牲ではないのか？」

天明や蓮華は、朱燐が活躍できると信じている。朱燐も応えるつもりだ。

しかし、英翔も正しい。この道は長く険しいものになるだろう。試験に及第し、官吏となれば終わるものではない。

「やってみなければ、わからないではないですか」

けれども、朱燐は自然と微笑んだ。

親指を立てながら意気込む蓮華の姿が脳裏に浮かぶ。

「私は、挑戦し続ける凰朔真駄武を目指しておりますので」

「真駄武……？」

英翔に凰朔真駄武を伝えるのはむずかしい。賢く、前向きで、お節介。どんなときも挫《くじ》けない蓮華は、朱燐に大きな影響を与えてくれた。

「私の主人の一人です。いつか、英翔様にも会っていただきとうございます」

いつか蓮華を紹介しよう。朱燐は英翔の前に右手を差し出した。

握手というあいさつだと、蓮華から教わっている。凰朔では聞かない風習なので、朱燐も最初は戸惑ったけれど、これを交わすと、親密になれる気がするのだ。

英翔は、しばらく朱燐の右手を見つめていた。

「帰る」

けれども、ほどなくして朱燐の横をすり抜けていく。握手というよりも、朱燐が嫌がられたのだろう。

朱燐は左手で、右手を包む。

英翔を学友だと思っているが、接し方がよくわからない。

嫌われているわけではないと思うのに、好かれている気配もなかった。

不思議な人だ。


朱燐も荷物をまとめて、国子監を出る。

官吏になれば寮舎へ入れるが、今は後宮から通っていた。朱燐には実家もないので、このような措置がとられている。推挙人である劉家の屋敷から通ってもいいと言われているが、朱燐は丁重にお断りした。

あまりお世話になりすぎるのもよくない……いや、それだけではないか。

朱燐はまだ、芙蓉殿で働きたいのだ。

自立したいとねがう気持ちと、相反している。しかし、朱燐は芙蓉殿が好きであった。できるだけ多くの時間を過ごしてから、出ていきたい。

「そういえば……」

今日の視察で、蓮華の声が聞こえたような気がした。特徴のある訛りなので、すぐわかる。

だが、チラリと一団を確認したが、それらしい人物は見当たらなかった。あいかわらず、劉将軍はよく目立ったけれど。

幻聴を聞くなんて、未練があるんだな……。

後宮の門を潜《くぐ》り、朱燐は改めて芙蓉殿を見あげる。

蓮の花を模した意匠の梁や、虎の柄模様で飾られた壁、なにもかもに大事な思い出が詰まっていた。

愛《いと》おしい。

初めてここを訪れたときは、こんな気持ちになるなんて、考えもしなかった。

「あら、朱燐。おかえりなさい。今日はどうだった？」

同僚たちも、温かく朱燐に声をかけてくれた。後宮の外との温度差に戸惑ってしまいそうだ。

「楽しかったですよ。お仕事手伝いますすね」

「いいのよ。朱燐は勉強があるのでしょう？　がんばってもらわなきゃ」

朱燐が国子監へ通いはじめる直前も、みんなで宴を開いてくれた。最初は重圧だったが、今は心強い応援だ。気を遣わせているという負い目もあるが、課題も多いので甘えてしまう。

「本当に、いつもありがとうございます。お給金が出たら、たこ焼きをご馳走します」

「いいのよ。鴻徳妃の言い方だと……出世払いや！」

こんなに明るい雰囲気でいられるのは、きっと蓮華のおかげだ。みんな、主の気質に影響されているのだろう。

「あ、そうだ。さっき、宦官殿から預かってて……待っていてね」

自室へ帰ろうとすると、同僚から再び呼び止められる。彼女は急いで自室へ帰り、包みを持って出てきた。

「これ。鴻徳妃からの差し入れですって」

朗らかに笑いながら渡されたのは、包子であった。

「鴻徳妃が？」

朱燐は、やや意外に思いながらも、包子を受けとった。

蓮華がなにか差し入れるときは、朱燐に直接届けてくれる。たいてい飴か粉もんだ。このあいだ開発していた甘い「豚まん」とも、形状がちがう。

けれども、包子は大きくてふっくらとしている。いいものなので、「朱燐にもあげよ！」と、言っている蓮華の顔がすぐ浮かんだ。

「ありがとうございます」

あとで、蓮華にもお礼を述べなければ。

最近、あまり顔をあわせていない。朱燐が忙しいのが原因だが、蓮華が配慮してくれているのだ。会えば、朱燐を甘やかしてしまうと、わかっているから……人が好い蓮華にとっては、そちらのほうが鬱憤が溜《た》まっているのではないか。

朱燐は包子を持って、自室へ入る。書机に課題の包みを置くと、どんっと重量感のある音がした。肩が少し痛い。

いったん座り、朱燐は一息つこうと包子を口にした。生地がやわらかいのに、もっちりとしている。中には、細かく刻んだ青菜が入っていて――。

「――――ッ」

だが、しばらく咀嚼していると、口内に痺《しび》れを感じる。

朱燐はとっさに咳き込み、包子を吐き出した。すでに呑んでしまった包子も、指を喉に押し入れて掻き出す。

なにこれ……。

包子を吐き出しながら、朱燐は前のめりに身体を倒していった。

息が苦しくて、だんだん意識が保てなくなってくる。それでも、誰かに気づいてもらおうと、机に手を伸ばした。

課題の束が、床へ勢いよく雪崩《なだ》れ落ちる。

# 遠足　大阪マダム、潜入捜査!

## 一

「朱燐、ほんまにごめん……」

蓮華は思わずつぶやきながら項垂れた。けれども、謝罪の相手はここにいない。ただただ、自らの声が虚《むな》しく感じる。

朱燐に毒が盛られた。処置が早かったため、命に別状はない。朱燐が異変に気づき、自分で吐き出していなかったら危なかっただろうと、医官が話していた。

朱燐は妃ではない。食事に毒味を通していなかったし、今までと同じように過ごしていた。それが仇《あだ》となったのだ。

彼女に毒入りの包子を届けたとされる宦官は、見つかったときにはすでに自害していたらしい。名なしの朱燐が気に入らず、自分の独断で毒を盛ったという遺書も残っている。

個人的な恨みによる犯行——ではないと、天明は踏んでいた。蓮華もそう思う。

この、人を操って妨害するやり口には覚えがある。何度も煮え湯を飲まされてきた。そして、再び朱燐が狙われるのは自明である。

天明はすぐに手を打った。

劉清藍を後見人として、朱燐の住まいを劉家に移したのだ。

国子監へ入るとき、清藍が朱燐の推挙人となっていた。本来は、最初から劉の屋敷から国子監へ通うのが自然である。他の学生たちも、地方から出た者は推挙人のもとで暮らしていた。朱燐が後宮にいたのは、単なる本人の希望だった。

朱燐のために、あからさまな警護を増やすわけにもいかないが、劉家なら多少は安全だ。屋敷へ移ったことも、芙蓉殿の一部の者しか知らない。もともと、朱燐の勤務時間は減っていたので、限られた人間としか顔をあわせていない状態だった。

――鴻徳妃……申し訳ありません。

芙蓉殿を出るとき、朱燐はそう言って頭をさげていた。

そんな朱燐に、蓮華はほとんどなにも言えていない。

申し訳ないのは、蓮華のほうだ。朱燐のためにと、お節介を焼かないことばかり考えて。毒だって、想定できた事態なのに、なんの対策もしていなかった。

最初から、清藍に預けていればよかったのかもしれない。蓮華のミスなのに、朱燐に自分が悪いみたいに謝罪させてしまった。

――しばらく離ればなれやけど、朱燐はうちの従業員やで。実家やと思って、帰っておいでや。

そう言うのが精一杯であった。住まいを移したが、まだ朱燐の籍は後宮にある。

「はあ……子を嫁がせる親の気持ちかもしれんなぁ……」

前世、独身で彼氏すらいなかったんやけど。

蓮華は重い息をつきながら項垂れる。

「鴻徳妃、お茶でもいかがですか」

珍しく深刻な顔をする蓮華にかかった声は、か細くて弱々しい。それでも、鈴のような清らかさがあった。

斉玉玲は、微笑みながら茶を勧める。

慎《つつ》ましやかな造りの水晶殿に似つかわしく、淡い色使いの衣をまとっていた。化粧っ気が薄いのに、肌は陶器のごとく白く滑らか。黒い髪の一本一本が繊細な飴細工のようで、儚い印象の女性だった。

出会ったころも、美しい人だと思っていたが、今のほうが蓮華は好きだ。

表情に余裕があり、よく笑うようになった。前帝の貴妃だったというのもうなずける美女だ。

水晶殿で匿う玉玲のもとへ、蓮華はときどき訪れている。玉玲の顔を見たいというのもあるが……気がつけば、自然と足が向いていた。

後宮のどこにいても、蓮華は目立つ。誰に会っても声をかけられるし、蓮華も嬉しくて、ついついサービスしてしまう。いつだって、蓮華の周りには人がいた。それが悪いとは思わないし、むしろ楽しい。

けれども、たまには静かに過ごしたい日もある。そういうときに、水晶殿の空気がちょうどいいのだ。

玉玲は聞き上手で、いつも蓮華の話に相槌《あいづち》を打ってくれる。蓮華が勝手にしゃべりたい内容をしゃべって帰るのが常だった。

「最近は、自分でも淹れるようになったのです。お口にあえばいいのですが」

「おおきに」

蓮華は玉玲に勧められるまま、茶の席につく。

水晶殿の庭は狭く、花もない。しかし、掃除が行き届いていて、しっぽりと落ちつく……なんかこう……全然様式がちがうのに、日本庭園みたいな雰囲気があった。

「また、なにかお悩みですか」

「そうやねんけど……」

朱燐について、玉玲には言えない。蓮華は適当に笑って誤魔化した。

「ちょっと失敗しまして。うまくいかへんかった」

天明なら、「お前のせいではない」と言うのだろう。けれども、朱燐が死にかけたのは蓮華の考えが甘かったせいだ。もっと、彼女の身辺に気を配るべきであった。

「うん……めっちゃ美味しい」

お茶の善《よ》し悪《あ》しがわかるほど、蓮華の舌は繊細ではない。ソースの甘い辛いくらいしか、自信がなかった。

それでも、すっきりとした味わいのお茶には心がホッとさせられる。わだかまった黒い靄《もや》を、洗い流してくれるようだ。

「それでは、私の話を聞いてくださいますか？」

珍しく玉玲が話を切り出したので、蓮華は「ええで」と返す。

「実はね……皇太后とお会いしました」

承諾したものの、玉玲から飛び出した話題に、蓮華はぎょっと目を剝いた。

「秀蘭様がぁっ!?　ここへ来はったんですか!?」

「隠していたわけではないのですが、言いそびれてしまって……」

秀蘭は玉玲を恨んでいる。水晶殿に一人で訪れるなど、蓮華は想像もしていなかった。天明と一緒に、「どうやったら、二人を会わせられるか」、ずっと悩んでいたというのに。

「やはり、私を許せないと言われてしまいました」

玉玲の顔に笑顔はない。

だが、うつむいてはいなかった。前を見据えたまま、まっすぐに受け止めている。

「私も……あの方には、どのような感情を向ければいいのか、わからないのです」

玉玲にとっても、秀蘭は息子の仇《かたき》だ。お互い、許せない相手との対峙に、手探りだったのが伝わってくる。

「ただ」

玉玲は、すっと目を伏せる。その唇は、わずかに弧を描いていた。

「以前よりは……和らぎました」

玉玲の顔があまりに美しくて、蓮華は息を呑む。ぼうっとして、すぐに返事ができなかった。

「鴻徳妃のおかげです」

初めて会った玉玲は、囚《とら》われていた。遼博宇の力に怯《おび》え、最黎を失った悲しみに暮れ、ただ人形のように日々を過ごすだけ。蓮華が救ったというのは、おこがましいかもしれない。だが、以前よりも自由な彼女を見られるのは、蓮華も嬉しい。

「それだけです……失敗したとおっしゃっていましたが、あまりご自分だけで抱えないでください。あなたに、きっかけを与えていただけた。それだけで、私は生きやすくなりました」

蓮華はみんなを救いたい。しかし、全員の人生すべてに関与できるわけではなかった。彼らの今後を切り拓くのは、蓮華ではない。蓮華からのお節介を受けて、その後どうするかを決めるのは、本人たちだ。

「もっと、無責任になってくださいませ」

ここからは、自分でなんとかします。そう宣言されている気がした。

無責任かぁ……。

蓮華は好き勝手に生きているつもりだ。だが、蓮華自身が考えている以上に、縛られていたのかもしれない。

「せやけど……焼けるお節介は、焼いてもええですか？　みんなでタコパ開きたいんやけど」

やがて問うと、玉玲は表情を緩めてくれた。蓮華はもう一口お茶をいただき、自然と笑みを返す。

「ええ。凧派は、楽しみにしております」

玉玲は、そう言って、ていねいに頭をさげた。彼女のうしろでひかえる璃璃《りーりー》も、穏やかな面持ちである。

「ほな……そろそろお暇しますわ」

また来るで、と蓮華は立ちあがった。

「――鴻徳妃」

しかし、不意に玉玲が呼び止める。

玉玲は蓮華を見あげ、やがて、視線をさげた。

「いえ……なんでもございません。忘れてください」

なにか言いかけていた。が、玉玲はそのまま口を閉ざしてしまう。

蓮華は玉玲をしばらく見つめていたが、ふっと息をつく。

「そうですか。ほな、今日はおおきに」

蓮華は笑いながら、水晶殿をあとにした。

玉玲がなにを言おうとしたのか――天明は、彼女が秘密を抱いていると考えていた。それは正しいと蓮華も思っている。

そのうち、話してくれるときがくればいい。蓮華は暢気《のんき》に構えているが、甘いのだろう。いや……玉玲を拷問しない天明や秀蘭も、甘い。

敵は、狡猾《こうかつ》に他者を操り、貶《おとし》めるような貴族たちだ。自らの利益のためなら、平気で人間を踏みにじる。そのような敵を相手にするには、蓮華や天明は優しく、甘すぎるのかもしれない。

だけど、それでも蓮華は信じたかった。凰朔の未来を作るのは、私利私欲の醜さではなく、天明たちの優しさであってほしい。

水晶殿を出て、蓮華はキュッと掌《てのひら》をにぎりしめる。

二

凰朔国の都、梅安は今日もにぎわっている。

内陸の貿易中継点として、大いに栄え、様々な人々が行き交っていた。市場には異文化の風が吹き、活発で明るい雰囲気が絶えない。

都の中心部は、裕福な貴族や大商人の屋敷が建ち並ぶ内城。その外側は外城と呼ばれ、庶民層が住んでいる。

雅《みやび》で煌《きら》びやかな宮廷も嫌いではないが、蓮華は外城も捨てたものではないと思う。

「俺はお前さんの侍女じゃねぇんだけどな」

蓮華の隣で、不機嫌そうに歩くのは傑だった。

左右で色のちがう瞳を蓮華に向けながら、ブックサと文句を垂れている。顔立ちはさすがに仙仙の影武者だっただけに整っているが、立ち振る舞いが粗暴なので、男装していると、まさに「小僧」という雰囲気だ。

小さな身体に似合わず、特注の金属バットを佩《は》いている。もはや、扱い方が剣だ。いや、棍棒《こんぼう》か。

「でも、こうやって来てくれとるやろ」

「行かねぇと、てめぇが一人で飛び出すからだよ、ボケナスが」

傑は乱暴に言いながら、蓮華を小突いた。

二人で男装して後宮を抜け出すなど、天明にバレたら大目玉だ。秀蘭の許可すらとっていなかった。たぶん二度目か。褒められた行為ではないと、理解している。

黙って出ていくのは、良心が痛んだ。

しかし、確かめたいことがある。

「…………」

蓮華は、手にした横笛を見おろす。

漆黒の木笛だ。シンプルな金木犀《きんもくせい》の彫刻が施され、黄玉の飾り玉がついているが、それ以外に変わった特徴がなかった。いいものだと推測できるものの、超高級品ではなさそうだ。

蓮華がいつの間にか持たされていた——紫耀によって。

最初はどうしたものかと悩んだが、笛をよく観察すると、中に手紙が丸められていたのだ。といっても、なんのメッセージも書かれていない。ただ、日時と場所の指定がしてあるだけだ。

「ここに、返しに来いっちゅうことやろうけど……」

蓮華はメモを確認して、眉根を寄せる。傑ものぞき込んで、口を曲げていた。

「どう考えても罠《わな》だろ」

「わかってんねん」

もっともらしいド正論を述べられると、反論のしようがない。

「場所だけ伝えたって、うちが行かへんのわかってて、物まで押しつけよって。うちが、返さなあかん性分やって、よぅく理解しとるやないか。卑怯者」

「そこまで読めて、なんでノコノコ出てきてんだよ。やっぱ、てめぇ馬鹿だろ」

「馬鹿はやめぃ！　せめて、アホ言うて！」

「バーカ、バーカ」

「あーあーあーあー！　ちょっと、準優勝やったからって調子にのるんやないで！」

「てめぇ、さては喧嘩売ってんのか!?」

野球の成績を持ち出すと、一転して傑は不機嫌になった。

傑は水仙巨人軍を率いて、コ・リーグの初代優勝を目指したが……劉貴妃の禁じ手とも言える助っ人外国人枠作戦に敗れ、準優勝となってしまったのだ。途中まで、熾《し》烈《れつ》な乱打戦を演じ大健闘したが、押し切られた。

さすがに、現役の軍人さん相手だと分が悪い。そもそも、傑は身体が小さくて細いのだ。根本的に、長打者向きの体格ではなかった。長期戦では無理が出る。

今のプレイスタイルは、男性であった前世に確立したものなので、仕方がないが、最後は傑の体力が持たず、なし崩し的に敗北してしまった。

「罠かもしれへんけど、うちはあの兄ちゃんと話したい」

蓮華は決意を固めながら、横笛をにぎりしめた。

紫耀は、玉玲が後宮に隠れたのを知っている。それでいながら、遼博宇には一切打ち明けていない。蓮華が陳蓮として皇城に出入りしているのも。

どうして、こんなことをするのだろう。

彼の行動には、不可解な部分が多い。


——味方かもしれないとは思えないのですか？


試すような口ぶりが頭に蘇る。

正直、味方とは思えない。だが、完全な敵だと断じることも、蓮華にはむずかしい。

天明に相談しようとも考えた。けれども、彼は紫耀に対して、異様に敵意を向けている。遼博宇の側近なので、仕方がないかもしれないが、それだけではない気もした。

天明に打ち明けたところで、蓮華が希望するような話しあいにならないと思う。

あのときの主上さん、ほんま怖かった……。

「お前さんはよぉ……ほんと、馬鹿だな」

傑は痛そうな素振りで、頭に手を当てる。しかし、すぐにため息とともに蓮華へ向きなおった。

「まあいい。なにかあったら、そいつの顔を潰して逃げるからな。こんなんで、てめぇを死なせたら、俺の首が跳んじまう。巻き込みやがって、くそ」

いきなり傑が腹をくくりながら物騒な話をするので、蓮華は目を剝いた。

「そんな、大袈裟な。主上さんは、そないなことせんって」

「するだろ、あれは。お前さんのためなら」

せ、せんって……蓮華は弱々しく否定しようとしたが、傑があまりにもはっきり言い切るので、自信がなくなった。

「うちが、主上さんのお気に入りなんて、嘘なんやし……」

契約で、寵妃として振る舞っているだけだ。蓮華はどことなく居心地が悪くなって、もじもじと背中を丸めてしまう。

「本気でそう思ってんなら、俺は皇帝に同情しちまうな」

「はい？」

「ほら、そういうとこだぞ」

傑は面倒くさそうにため息をつきながら、サクサクと歩いていく。蓮華は置いていかれないよう、小走りになった。

指定の場所は、空き家だった。

広い庭のある立派な屋敷だが、そこらじゅうに雑草が生え、まったく整備されていない。家の屋根も腐っており、壁もずいぶんと剝がれ落ちている。

人目につかない場所であるのは、まちがいない。ここで紫耀が待っているというのだろうか。この段階になって、蓮華の内に巣食う不安が大きくなった。

蓮華は紫耀の笛をにぎりしめる。

「おい、奥に誰かいるぞ。そこへ隠れてろ」

辺りを見回ってきた傑が小声で注意をうながす。蓮華は口を両手で押さえながら、屋敷の陰に隠れた。

やがて、傑が「いいぞ、来い」と、小さく手招きする。

「襲ってくる感じじゃねぇな……なにか、話しあってる……」

傑は屋敷の裏手から、中に聞き耳を立てていた。蓮華も、そっと傑の隣に並ぶ。

たしかに、誰かが話しあっている声がした。男だろうか。二人、いや、三人はいる。

こんな空き家で、なにしてんねん。

「例の名なし、後宮からいなくなってたぞ」

聞こえてくる会話に、蓮華は目を丸くする。

名なし？　後宮？

「ああ、国子監からの尾行を巻かれたが……たぶん、今度は内城にいる」

国子監……ここでようやく、蓮華は誰の話をしているか確信する。傑に視線を向けると、「やばい会話かもしれねぇ」と顔に書いてあった。

こいつら、朱燐の話しとる……！

「どこにいるかわかるか？」

「あれの推挙人は、劉家の当主だったな」

朱燐は劉家の屋敷にいる。行き帰りは、巧みに誤魔化しているが、このままではすぐに居場所が発覚してしまうだろう。

「当日までに確認しろ。会試《かいし》を受けさせるなとの命だ。しくじるなよ」

朱燐に試験を受けさせない気なのだ。

蓮華の肌に粟立つ感覚が走る。

誰かの命令のようだ……遼博宇だろうか。いや、そうにちがいない。今度は人を雇って邪魔しようとしているのか。もしかすると、この者たちも、遼博宇に脅されているのかもしれない。その辺りは、会話から読みとれなかった。

早く手を打たなくては。

だが、蓮華は逸《はや》る気持ちを抑えて、唾を呑み込んだ。

今まで、遼博宇には逃げられ続けている。毎回、決定的な証拠がなかったからだ。巧みに尻尾を隠して、ひらひらと避けられていた。

もう少し……なんでもいい。遼博宇に繋がるものをつかみたかった。

「おい、なにしてやがる」

そろりと腰をあげる蓮華の袖を、傑が引く。

「なんでもええから、証拠つかまなあかん」

蓮華は声を潜めながら、立ちあがる。

窓から中が少し見えそうだ。しかし、絶妙に身長が足りない。蓮華は窓枠に指をかけ、懸垂で身体を引きあげる。野球で鍛えており、肩はそれなりに強かった。芙蓉虎団のエース投手を舐《な》めないでほしい。

見かねた傑が蓮華の身体を支えてくれた。

「これが内城だ」

室内には、男が四人。広げた地図をのぞき込んでいた。

あれって、命令した人間からもろた地図やろか……せやったら、入手できれば手がかりにならんかな……？

蓮華はぼんやりと、地図の入手方法を考える。なにか物音を立てて、注意を引いている間に奪取する、とか。いやいや、相手は四人もおるんや。誰か見張りに残るやろ。もっと、ええ方法はないやろか。

「話はつけてある。最悪、城門で捕まえればいい」

城門……内城と外城を隔てる門だろうか。それとも、内城と皇城を隔てる門の話か。

会試の会場は、皇城だ。ゆくゆくは国子監に、試験会場の機能を持たせたいという話だったが、今回は皇城内の建物を使用するとのことだった。

そして、朱燐がいると疑われているのは、内城にある劉家の屋敷。自《おの》ずと、内城と皇城を隔てる城門を示しているとわかった。

門衛を買収？　いや、この中の誰かが門衛なのか。これは役に立ちそうなヒントだ。

「あ」

ギッと、手元で音がした。

蓮華がつかまっていた窓枠の木が、ぼろりと剝がれたのだ。古い空き家なので、すでに腐っていたのだろう。

「誰だ！」

男たちが一斉に反応した。

蓮華は即座に、窓枠を離して地面へスタッとおりる。大した高さではないので、あまり音を立てずに済んだ。そのまま、傑と一緒に雑草の伸びた茂みに身を潜める。

しくったわ。

蓮華の身体中から冷や汗が流れる。傑が舌打ちしながら、金属バットに手をかけていた。

男たちが窓から外を見ている。

「誰かいたのか？」

「まずいな、捜せ！」

やがて、蓮華たちを捜して、空き家を出ようとする足音が響く。見つかってしまうのも、時間の問題だろう。

「俺が時を稼ぐから、お前さんは逃げろ」

「あかん、傑も一緒に逃げるんや」

「あん？　俺があんなガラの悪いチンピラ連中に負けるわけがねぇ。邪魔だから逃げろって話をしてんだよ」

「いや、今の傑もめちゃくちゃガラ悪いチンピラやで」

「てやんでぇ。大きなお世話だ、馬鹿野郎」

金属バットを肩に担ぎながら好戦的な顔を作る傑を、蓮華は「どうどう」と宥めた。捨て身の殿《しんがり》というより、殺《や》る気満々の先陣だ。別の意味で危ない。これだから、喧嘩っ早い江戸《えど》っ子は……いや、浅草の大工か。

「あっちだ！　あっちから誰か逃げた！」

そうこうしているうちに、男たちの声がする。蓮華は焦ったが、どうも様子がおかしい。

「猫だ。猫が逃げて行きやがった」

「なんだよ、それ……」

別の方向へ駆けていった男たちが、気の抜けた声をあげていた。

どうやら、野良猫を蓮華たちの物音だと勘違いしてくれたようだ。ナイスタイミングすぎる猫に、蓮華は内心で感謝した。

「ほら、行くで」

今のうちなら、見つからずに逃げられそうだ。蓮華は傑の腕を引いて、反対方向へ走った。

荒れた庭を駆け抜け、敷地の外へ出る。

誰にも発見されずに脱出できたのが奇跡みたいだ。走ったせいか、緊張したせいか、心臓がバクバクと音を立てている。

「なんとかなったんかなぁ……」

蓮華は肩で息をしながら、来た道をふり返る。

誰も追ってきていないのを確認し、一気に力が抜けた。

「はあ……危なかった」

証拠を得ようと、欲をかいてしまった。蓮華が見つかって捕まりでもしたら、元も子もない。

「俺が全員ブン殴ってもよかったんじゃねぇのか」

傑は若干、不服そうだった。

「せやから、自分、血の気多すぎやろ……下手に実行犯シバいたら、主犯の尻尾がつかめへん」

「そりゃあ、まあ……そうだけどよ。お前さん、マトモなことも言うんだな」

「うちをなんやと思ってんねん！」

「カーネル・サンダースの代わりに道頓堀に落ちて死んだ馬鹿な阪神ファン」

「アホって言うて！　少なくとも、傑よりはおもろい死に方したやろ！」

「面白さを競ってるわけじゃないんだよな」

脱線してしまった。

さきほどの会話から、主犯に繋がるような情報や、物的証拠は得られなかった。悔しいが、これ以上は深追いできない。しかし、重要そうな話は聞けた。これで朱燐の危機が回避されると考えれば、御の字だ。

ただ、気になるのは——。

「みゃーう」

猫の鳴き声が足元からする。

視線を落とすと、黒猫が一匹、蓮華の足にすり寄っていた。毛並みがよく、人懐っこいので飼い猫だとわかる。

「明明」

呼び声に反応したのか、黒猫がパッと顔をあげ、蓮華の足元から走り去る。

蓮華も声の主を確認するが、やがて表情が凍りつく。

「こんにちは」

黒猫を抱きあげたのは——紫耀だった。

さも親しい間柄のような口ぶりであいさつされ、蓮華はたじろいだ。傑が蓮華を守るように、一歩前に出る。

「そんなに警戒しないで。明明が怯えますから」

猫をなでながら、紫耀は蓮華たちに歩み寄る。やはり、口は綺麗な弧を描いているのに、目元は笑っていない。顔立ちが整っているので不自然さはないが、逆に腹の底が見えぬ不気味さを助長させていた。

無言のまま、即座に動いたのは傑だった。

鉄製のバットをふり、紫耀に向ける。棍棒と変わらぬ代物だ。まともに攻撃を受ければ、脳天がかち割れるだろう。

「野蛮ですね」

猫を抱いたままなのに、紫耀は傑の一撃を易々とかわす。

「ちっ」

傑は舌打ちしながら金属バットをふりあげ、次の攻撃に転じていた。さすがは、仙仙の護衛役を買って出ているだけある。凰朔の武人とは異なる動きだが、渡りあうには充分すぎた。

対する紫耀は反撃せず、身軽に金属バットを避けている。猫を抱いたままなのに、凄《すさ》まじい運動能力の高さだ。

「腕は立つようですが、身体と得物があっていない」

傑のふりおろした金属バットが地面にめり込む。紫耀はそれを足で押さえながら、涼しげに言う。

「体力がなくて、野球で劉将軍に負けたばかりではありませんか」

「てんめぇ……!」

野球の話をされ、傑が叫びながらバットをふりあげようとする。しかし、紫耀に押さえつけられたバットは、なかなか持ちあがらなかった。明らかに力負けしている。

傑の息があがり、汗も散っている。

これ……まずいわ。

今のままでは、傑が負ける。

「僕は穏便に話がしたいだけですよ」

一方の紫耀は息切れどころか、座って話しているかのような穏やかさであった。猫などなでて、優雅なものだ。

「傑。大丈夫やから、落ちついてや」

勝負は見えている。蓮華は静かに傑を制止した。

傑は悔しそうに顔を歪め、蓮華に批難の視線を向ける。だが、このまま突っ込むほど無謀でもない。金属バットをにぎる手の力を緩めてくれた。

紫耀はバットから足を外し、蓮華に向きなおる。

「その猫……さっき、囮《おとり》に使ったんですか?」

問うと、紫耀は目を細めた。肯定の意だと思う。

「これ、返しに来ました」

蓮華は懐に差していた横笛を取り出す。

笛を確認して、紫耀は満足げに口角を持ちあげた。

「麗しい後宮の妃への贈り物です」

「いらへんし」

蓮華は内心で苛立《いらだ》ちながら、顔に出さないよう努めた。

「招待状のようなものですよ。あなたと会いたかったから」

サラリと歯の浮きそうなセリフを言う。淀みなく、板についているのが微妙に神経を逆なでした。とんとんとん、つーつーつー、とんとんとん。と、なにかのリズムをとる指の動きも、こちらの注意を削いでくる。

「気に入っていただけましたか？」

笛を気に入ったか、ではないと思う。

「さっきの会話……聞かせるために、うちを呼んだんですか」

紫耀は肯定だと言いたげに黙していた。

なにが目的だ。彼は遼博宇の側ではないか。どうして、蓮華にあんな現場を見せたのだろう。

「なぜだと思います？」

逆に問いかけられても困る。ムッと眉根を寄せる蓮華の表情を、紫耀は楽しんでいるかのようだった。

「うちが主上さんに相談してたら、どないする気やったんです？」

天明に相談した場合、ここには蓮華ではなく兵が来ただろう。空き家へ押し入るか、泳がせて捕らえるかは、その場の判断になったと思うが。

「それはそれで、よい選択だったかと」

紫耀の意図がなにもかも不明だった。

「では、僕は失礼しますね」

紫耀は言いながら、すっと、うしろへさがっていく。

「待ちや！　まだ聞きたいことがあんねん！」

彼の目的も、玉玲についても、なにもわかっていない。蓮華は呼び止めるが、紫耀はくるりと背を向けてしまう。

「くそったれ！」

蓮華より先に、傑が動いた。いったんおさめていたはずの金属バットを、紫耀の背に突き出す。完全な不意打ちで、あまり褒められた行為ではない。が、状況的にナイスな動きだった。

「今日は、話しあいに来ただけですよ」

紫耀の身体が軽やかに舞いあがっていた。

次の瞬間には、紫耀は建ち並ぶ民家の屋根に立っている。蓮華だけではなく、傑も目を丸くしていた。身軽すぎる。二塁手に欲しい、って、そうやないわ。

「それでは、また。鴻徳妃」

紫耀は恭しく両手をあわせて礼などして、颯爽《さっそう》と姿を消した。あんな逃げられ方をしては、こちらも追いようがない。

蓮華の手には、笛だけが残っている。

なんやったんや、あれ……。

三

という蓮華の話を聞いて、天明が息をついた。

紫耀に逃げられ、蓮華は後宮へ帰った。そして、天明に急ぎの話があると、連絡をとったのだ。天明は蓮華の求めに応じて、すぐに芙蓉殿へ来てくれた。

「なぜ、なにも相談してくれなかったのだ……」

天明は両手で頭を抱えるように項垂れている。表情はよく見えないが、呆れているとも、怒っているとも、落胆しているとも……とにかく、蓮華の前ではあまり見せたことがない態度である。

「すんません……」

蓮華は重苦しい雰囲気に耐えられず、背中を丸めた。

「主上さん、話も聞かずに怒ると思って」

天明が紫耀へ向ける視線が怖くて言い出せなかった。相談していたら、紫耀の話は聞けなかっただろう。結局、なにも有益な会話ができなかったので、無意味になってしまったのだが。

蓮華の言い訳に、天明はさらに項垂れる。

「お前の目に映る俺は、そんなに傲慢なのか」

「ちゃ、ちゃいます!　そうやないです……ただ、ときどき怖くって」

怖かったのは、正直な感想だ。

紫耀のことになると、天明が別人みたいに感じる瞬間がある。そういうときは、ゾクリとするほど恐ろしく、抜き身の刃のようだ。蓮華の知る天明ではない。いつもの天明が、どこかへ行った気がして不安になるのだ。

「うちは、政でなにが起きてんのか、正確にはわかりません。せやから、主上さんのことは全部知らんけど……なんか、変なんやもん。こんなんちゃうって……」

上手く表現できている自信がなかった。ふわっとしていて、もやもやっとする。もっと、バシッとしっかり伝えられたらいいのに。

「なにかあったら、どうするつもりだったのだ」

「傑もおるから、大丈夫かなって……」

「大丈夫ではなかっただろう」

「せ、せやな……」

紫耀がなにもせずに去ったからよかったが、実際は危なかった。傑の攻撃は一つも当たっていなかったのだから。紫耀は佩刀《はいとう》していなかったが、それでもねじ伏せられた可能性はある。

蓮華の見通しが甘かったと、言わざるを得ない。

「なんか手がかりがつかめたら、ビリケンさんやなくて、遼家のオッサン懲らしめられるやないですか……」

「そのようなことを、お前が考える必要はないのだ」

天明はようやく顔をあげた。

背筋が凍るような鋭い眼光に、空気がピリピリと震えている。純粋な怒りのほかに、別の感情がこもっていた。それがなんなのか、蓮華にはわからない。複雑に入り乱れた感情を視線でぶつけられて、こちらの心臓が止まってしまいそうだった。

自然と身体がじりじり、うしろへさがっていく。

「朱燐については、清藍に一任して対処する。お前はもう手を引け」

淡々と告げられ、蓮華は受け止めるしかなかった。持っている情報は、全部天明に開示したのだ。

「は、はい……すんません」

蓮華がやれることはない。

「どうして、大人しくしていてくれないのだ」

問う声は、答えを求めていなかった。大人しくしていろという、命令の裏返しなのだと察する。

蓮華は居心地が悪くなって、天明から視線をそらしてしまう。

「後宮で好きにするのは構わない。皇城も、一応は俺の目が届くし、そうそう有事は起こらない。だが、勝手に市井へ抜け出されては、俺はお前を守ってすらやれないのだぞ」

天明は立ちあがり、一歩ずつ蓮華に近づいた。壁が迫ってくる気がして、蓮華は後《あと》退《ずさ》りする。

「商売も、野球も、漫才も……好きにさせているはずだ。不満なのか。これ以上、なにが欲しい？」

「そう……ですね。不満はないです……」

うしろへさがりすぎて、蓮華の踵《かかと》がコツンと壁に突き当たる。逃げ場を失って、蓮華は視線をさげた。

なんかやっぱり、主上さん変や。怖い。

「お前は、いつも他人のために動きたがる」

縮こまっている蓮華の退路を断つように、天明が壁に手をついた。

壁と天明に挟まれて、蓮華はなにも言えないまま唇を引き結ぶ。だが、震えてうまくいかなかった。

「その実、お前を案ずる人間の存在は、まったく考えないのだな」

そう言われて、頭にいろんな人の顔が浮かぶ。陽珊や朱燐、夏雪、劉貴妃、仙仙、秀蘭……今回巻き込んでしまった傑も、蓮華が心配で来てくれたのだ。柳嗣も、娘を後宮に入れるような父親だが、蓮華を好きでいる。

天明だって、蓮華が心配だからこんな話をするのだ。

みんな蓮華のためだ。

「俺がどれだけ心を砕いているか、お前は理解しているのか」

天明は、怒っているのに……泣いているみたいだった。

見おろされているのに、すがりつかれているような気分になる。

言っている内容ではなく、天明の声音や表情のほうが、蓮華の胸を強く締めつけた。

どうして、このような心持ちにさせられるのだろう。天明の切迫した感情が波となって、蓮華を襲ってくる。

なんやねん、これ……。

「お前は、俺の妃ではないのか。どうして、俺以外の人間を重んじるのだ！」

怒鳴るみたいな大声が鼓膜を揺らす。責められているのは理解できるが、内容が頭に入らなかった。

「主上さん。やっぱり今日、変ですよ……?」

いつもの天明ではない。今日はとくに、取り乱している。

それくらい蓮華が心配をかけてしまったのだろうか。けれども、それだけではない。

「変?」

天明が蓮華を睨む。

「ああ、おかしいな……」

蓮華の両手首をつかみ、天明は浅く息を吸った。さきほどまでとは種類のちがう真剣な眼差しだ。

「お前など、この部屋に閉じ込める方法は、いくらでもあるのだぞ」

手首が痛い。

細い骨がぎゅうぎゅう締めつけられて、軋《きし》んでいた。蓮華は思わず苦痛に顔を歪める。なのに、天明は少しも力を緩めてくれない。

こんなん嫌や。放して。

声に出したかったが、身体が震えて、なにも言えなかった。

いつも楽しくおしゃべりしたり、笑ったり、呆れられたり。

なのに、このような天明は初めてで戸惑いが隠せない。

「誰にも触れさせぬように、誰の目にも入れぬように、俺だけのものにするなんて容易い――」

けれども、天明は急に唇を引き結んだ。

蓮華をつかむ手から、みるみる力が抜けていき、やがて腕をさげる。

「……やりすぎた。すまない」

天明は囁き、蓮華から一歩、二歩と、距離をとった。

伏せられた目から、複雑な感情の入り交じった光は消えている。吹き消された蠟燭《ろうそく》みたいに、静かだった。けれども、凪《な》いだ海のような穏やかさはない。

「は、はい」

蓮華は放心して、気のないような返事をしてしまう。怖がっていたのは自分なのに、なんだか、悪いことをした気分になる。

「お前は契約上の寵妃で……もともと、後宮へも入りたくて入ったわけではないのだったな」

それは、そうだ。事実を確認されても、蓮華には「せやで」としか言いようがない。

天明が寂しそうに感じた。

だのに、蓮華はなにも言えない。

いつもみたいに、お節介を焼くべき場面だ。

しかし、言葉が出なかった。

足が震えている。

まだ怖がっていた。

怒鳴られたから……ではない。純粋に天明が怖かった。

以前からそうだ。ときどき、天明は蓮華を物みたいに言う。妃は皇帝の所有物なので当然だ。天明はこの世界の常識で話している。なにもおかしい話ではない。

わかっているのに、怖くなる。

天明は心根が優しい人だ。

蓮華の価値観にも理解を示してくれる。それなのに、人間と物を同列に考えているかもしれないと思う瞬間が恐ろしかった。

「今日は帰る。朱燐の件は、まかせてほしい。お前はなにもするな」

天明は無感情な声音で告げて、芙蓉殿をあとにした。

❁　❁　❁

逃げるように蓮華から離れ、芙蓉殿を出た。

天明は掌を見おろし、自分のしでかそうとした行いに奥歯を嚙む。どうして、あのような言い方をしてしまったのか、天明自身も混乱していた。

蓮華が後宮を抜け出すなど、初めてではない。以前は、もっと冷静に受け止められたはずだ。呆れながら、「お前はまた……」と説教するのが常である。今回も、同じように諭すところであった。言ってもどうせ聞かぬ女だと、理解しているつもりだ。だのに、話しているうちに歯止めが利かなくなっていた。

正気ではなかったのだ。

気がつけば、目の前にいる女を誰にも渡したくなかった。

縛りつけて閉じ込めて、誰の目にも入れたくない。

自分だけのものにしてしまいたかった。

あれは俺のものなのに……まったく所有した気にならない。自分のものになってくれない。

蓮華がほかの男のもとへ、会いにいったという事実が、どうしようもなく許せなかったのだ。

「あんな女……」

天明は、あれよりもいいものをたくさん持っている。

蓮華より容姿が整っている妃だって、いくらでもいた。少し甘い声で囁けば、簡単に転がってくれるだろう。そういう楽な女を選べばいいではないか。

あんなわけのわからぬ訛りでしゃべり、珍妙な球技と粉もんを愛し、すぐに金勘定をはじめる妃など、必要ない。好き放題して、後宮をなんだと思っている。おかげで、後宮の秩序は滅茶苦茶《めちゃくちゃ》だ。

どうして、自分はこんなに蓮華が欲しいのだろう。

いつも、ふとした拍子に蓮華の顔が浮かぶ。あらゆる意味で、印象が強すぎるのだ。一度話せば、もう忘れられぬ存在になってしまう。

今も……やはり、蓮華の顔を思い出す。

瞳が揺れていた。

いつも笑って、能天気に「主上さん、主上さん」と阿呆面《あほづら》をしていたのに。

蓮華が怯えているのだと気づいて、天明は愕然《がくぜん》とした。

蓮華に、あのような顔をさせるつもりはなかったのだ。

自分はなんと言おうとした。

あのまま芙蓉殿にいれば、自分は蓮華をどうしただろうか。

こんなはずではなかった。

無理やり手に入れたいなどと、考えたこともない。しかし、天明の意に反して、口を衝いて出た言葉が止まらなかった。

ただの独占欲だろうか。所有したいという好奇心だけで、ここまで我を忘れるだろうか。

「主上」

一人で悶々《もんもん》と考え込む天明を案じて、颯馬が声をかけた。やや眉尻がさがっている。この男は表情に乏しいが、天明には微妙な機微が読みとれた。

「述べよ」

天明が許可を出すと、颯馬はその場にひざまずく。

「鴻徳妃と、もっとよく話しあってはいかがですか」

すぐに返事ができなかった。

颯馬は寝所の外にいたのだ。であれば、天明が激昂《げっこう》して蓮華を責め立てた声も聞いていただろう。

あの現場を目《ま》の当たりにして、どうして話しあえと言えるのだ。距離を置いて、頭を冷やせと言われたほうが納得する。

また同じことをしかねない。

「主上のためになりましょう。鴻徳妃に伝えるのではなく、主上のお気持ちを整えるのです」

「俺の……？」

天明は訝しげな顔を作ってしまう。

気持ちを整える。それは必要かもしれない。天明は蓮華の前で、あらぬ姿を見せてしまった。

しかし、蓮華と話しながら行うことではない。天明が冷静になり、なにもかも整理してから、彼女と向きあうべきだ。

順序が逆である。

「鴻徳妃は、きっと聞いてくださいますよ」

颯馬の言いたいことがわからない。

だが、一蹴できないとも感じた。

「…………」

天明は一度、颯馬から逃げるように目をそらす。

「機会があれば」

けれども、再び颯馬に向きなおってこぼす。いつもより、声に張りがなかった。

「ぜひ」

それでも、颯馬は口元を緩めた。彼が、このように穏やかな表情をするのは珍しかったが、ここのところは頻度が高くなっている。

みんな蓮華が変えていった。

後宮も、周囲の人間も……なにもかもを、蓮華一人で塗り替えたのだ。

それを悪くないと考える天明自身も、きっと。

# 避難訓練　大阪マダム、乱闘騒ぎ！

## 一

水晶殿の奥へと歩く蓮華の足どりは、幾分軽かった。

紫耀のこと、天明のこと……先延ばしの問題は多い。

けれども、今日はようやく、朱燐が会試を受ける日だ。もう劉家の屋敷を出た頃合いだろうか。とにかく、無事に試験日を迎えられて、蓮華はホッとしている。

水晶殿へ来た用件は、玉玲にタコパのご案内だ。

芙蓉殿のみんなで合格祝いも行う予定だが、その前に、秀蘭と朱燐に同席の機会を設け、おつかれ会をしたかった。せっかくだから、玉玲も朱燐のその場に招待したい。

まだ受かるとは決まっていないが、労《ねぎら》いの会は悪くないだろう。

お祝いごとの席なら、少しは秀蘭と玉玲も、気が和むかもしれない。

「玉玲さん、来てくれるやろか」

蓮華が漏らすと、案内する璃璃がふり返る。

顔の右側には、酷い切り傷が残っていた。女性の顔なのに、あまりに痛ましい。右目はほとんど視力がないと聞いている。

しかし、璃璃は笑みを蓮華に向けた。

「大小姐《だしやおじえ》は、きっと喜びます。鴻徳妃が気を配ってくださるだけでも、救いにございましょう」

言いながら、璃璃は水晶殿の最奥《さいおう》を示す。

玉玲が待っている部屋だ。

「やったら、嬉しいんやけど」

最近、うまくいかないことが多い。この世界に来てから、様々な事柄がトントン拍子だったのに……いや、それが異常だったのだ。現実は、そこまで甘くはない。いつかぶつかるべき壁だったのだろう。

蓮華は無意識のうちに視線を落としていた。

手には、横笛。

紫耀から押しつけられた笛だ。

どうすべきか迷ったのだが、疑問は解消したかった——この笛に刻まれた模様は、金木犀。つまり、桂花《けいか》だ。

凰朔の貴族たちが好む花で、ごくごくありふれた模様であった。なんの変哲もないと言ってしまうのは簡単だ。

しかし、後宮では正一品を象徴する四花の一つである。

貴妃を象徴する花。現在の後宮で、桂花を賜るのは劉天藍。だが、前帝の後宮では、べつの人間——齊玉玲の座であった。

偶然だろうか。

紫耀が玉玲の行方について推理していたのも気になってしまう。

関係なければ、関係ないで構わない。

でも、玉玲がなにか知っているなら。

「大小姐。鴻徳妃がお見えです」

璃璃に続いて、蓮華は室内へと踏み入る。

玉玲は一人で庭をながめているところだった。

「希望の鐘を鳴らしましょう。朝陽の光を待ち——」

玉玲は、歌を口ずさんでいた。懐かしい響きのある……凰朔で古くから歌われている子守歌。清らかな声が、心にスッと入ってくる。

玉玲は歌いながら、とん、とん、と。ゆっくり拍子をとっていたが、やがて蓮華の存在に気がつく。

「あら……お恥ずかしい。鴻徳妃、よくお越しくださいました」

玉玲は姿勢を正し、蓮華に向きなおる。

「まいど、玉玲さん。儲かりまっか！」

蓮華はいつものとおりに、元気よくあいさつした。

「はい。ぼちぼちでございます」

微笑みながら、玉玲は蓮華を迎えてくれた。

「今日は、タコパのお誘いです。よろしかったら、来てほしくって」

オチをつけて話せとは言うが、本題は焦《じ》らすものではない。蓮華は単刀直入に、目的を告げて笑った。

しかし、蓮華を見つめ返す玉玲の顔が変化する。

「どないしました？」

どうしてしまったのだろう。蓮華は、キョトンと首を傾げた。

「そ……それ……」

玉玲の身体が震えはじめる。絞り出すような声は霞《かす》み、か細くなっていく。白い顔は青ざめ、血の気が消え失《う》せていた。

玉玲の反応が、蓮華には理解できない。

「この笛」

とっさに、蓮華は左手に持った笛を示した。

玉玲は、笛を見て驚いている。いや、怖がっている？

「玉玲さん……やっぱり、この笛、知っとるんですか」

蓮華は思わず歩み寄りながら問う。けれども、玉玲は首を横にふりながら震えるばかりだ。

「遼紫耀って人が、うちに渡してきました」

畳みかけるように告げると、玉玲は意外そうに目を丸くした。

「彼が、あなたに……？」

紫耀は遼博宇の側近だ。縁者である齊家の玉玲と面識があるのは、おかしな話ではなかった。

「この模様、桂花殿の花や。貴妃やった玉玲さんなら、なんか知っとるんやないかと思って……」

笛を突きつけると、黄玉の玉飾りが揺れる。

「それに、さっきの歌」

あれは一般的な凰朔の歌である。なにも怪しいところはなかった。

しかし、玉玲が歌いながらとっていた拍子。とんとんとん、つーつーつー、とんとんとん――紫耀が、ときどき指で刻むリズムに似ていた。

どういうことだろう。

「……知りません」

しかし、玉玲は拒んだ。

顔を隠すようにうつむき、それ以上はなにも言ってくれない。ただただ黙って、蓮華が帰るのを待っているみたいな沈黙だった。

「無理にとは言わへんけど」

玉玲は秘密を抱えている。きっと、それに大きく関係しているのだろう。だから口を噤んでしまった。

もとより、蓮華は待つつもりである。無理強いはしないと決めていた……乗り出した身を引くように、蓮華は玉玲から離れる。

これでいいのか、悩みながら。

「鴻徳妃……」

だが、玉玲は少しだけ顔をあげた。

「あの方は、あなたになにか言いましたか？」

恐る恐る、確かめる口調だった。

「紫耀さんですか？　なにかって……いろいろ言われはしましたけど」

考え込む蓮華を、玉玲はじっと見つめていた。その視線が真剣で、蓮華も身構えてしまう。

「……わざと情報を流されました。今日の予定で、ある娘を襲うっていう賊の話を聞かされて。あ、でも大丈夫や。それについては、主上さんに頼んで、対処してもらってます――」

「すぐに、その娘の安否を確認なさい！」

いきなり強い口調で述べられて、蓮華は息を呑む。

玉玲がこんな話し方をするのを、蓮華は見たことがない。部屋の隅に控える璃璃も、驚いている様子だった。

「……私から言えるのは、これだけです」

今日はお帰りください。そう言いたげに、玉玲は深々と頭をさげた。これ以上は聞くなという意味だろう。

朱燐の安否を確認しろ。

玉玲が発したのは、警告だ。

まさか……紫耀は、わざと偽の情報を流して惑わせた？　あり得る話だ。彼は遼博宇側の人間であり、天明についたとは明言していない。

けど、なにか引っかかる。

「わかりました」

引っかかる。が、動かねばならない。

蓮華は踵を返した。

二

劉家の屋敷では、とてもよくしてもらっていた。

毒を盛られてから、朱燐は所在を隠すため、秘《ひそ》かに劉家へ移っている。その後も、後宮から国子監へ通っているように見せかける細工がされた。

天明の命ではあるが、劉清藍の裁量が大きい。清藍の提案で、朱燐は行き帰りは男装している。直接説明されたわけではないが、どうやら、朱燐に背格好が似た影武者も、後宮と国子監の周辺を往復しているらしい。

途中で、朱燐の襲撃があるかもしれないという情報を得たときは緊張した。だが、清藍が対処すると約束している。

ここでも、朱燐は恵まれていた。分不相応である。しかし、周囲の助力には報いなければ。朱燐は覚悟を決めたのだ。

「気張っていこう」

朱燐は自分を鼓舞しようと、あえて声に出した。野球の掛け声だが、気合いを入れたいときはいつも使っている。

朝靄《あさもや》も晴れぬ頃合い。

衣を着替えて、朱燐は劉家の庭へ出た。日課の裸潮《らじお》体操をするためである。野球の練習はむずかしいが、これくらいなら時間がとれた。

「昨夜はよく眠れたかな！」

庭には、すでに清藍がいた。毎朝鍛錬しているので、朱燐の裸潮体操と時間が重なる日も多い。

「劉のご当主、おはようございます……あまり眠れてはおりません」

朱燐は正直に話しながら、苦笑いを浮かべた。

「そうだろうな！　私のときも眠れなかった！」

清藍は劉家の長男である。本年のような本格的な試験など実施されておらず、ほとんど形式的な問答だったはずだ。それなのに眠れなかったとは意外だった。朱燐の緊張をほぐすために言っただけだろうか。

「朱燐とはちがって、私は失敗できなかったからな」

その言葉に重みを感じて、朱燐は身震いする。

「失敗……」

朱燐は……及第できなくとも、次がある。

会試に挑む回数は、とくに制限されていない。もとが貧民あがりの名なしだ。落ちて当たり前とも思われている。

だが、清藍は劉家を継ぐ必要があった。劉家の当主となり、凰朔の軍事を司る人間が、武官にもなれぬのは論外だ。それだけでなく、武官となったあとも、結果を示し続けなければならない。

朱燐とはちがい、身分も家柄も保証されている。けれども、それゆえの重圧があるのだ。

氏族を継ぎ、繁栄させる者の責任だった。

「ああ、勘違いするな。なにも、朱燐が気楽だとは言っていないのだ！」

「承知しております。お気遣い、痛み入ります」

朱燐は頭をさげ、庭へおりた。裸潮体操にとりかからなくては。

蓮華に教えてもらった鼻歌を口ずさみながら、身体を動かす。そのたびに、固まっていた関節がほぐれ、身体が温まってくる。

清藍は離れた位置で大刀をふっていた。長い柄の先に、刀をつけた槍《やり》のような武器だ。清藍が最も好んで使うらしい。

朱燐には戦《いくさ》がわからないが、清藍の技は美しかった。突きの一つひとつ、薙《な》ぎの一手が鋭く、風が唸《うな》っている。武器を扱っているのに、恐怖はあまり覚えない。猛々《たけだけ》しい舞を見ている心地だった。

「今日は安心して会試に臨むといい。賊を捕縛する手筈《てはず》は整っているし、私が朱燐を送り届けよう」

一通りの鍛錬を終え、清藍が歯を見せて笑う。朱燐のほうは、裸潮体操第一から、第二の動作に入っていた。

「はい。ありがとうございます」

一度静止し、朱燐は改めて清藍に一礼する。


準備を完了し、朱燐は劉家の門を出る。

会場に到着するのは、刻限の直前になる計算である。これには理由があり、朱燐を襲撃するという賊を現在、泳がせているからだ。清藍の編制した別働隊が、今、賊を捕縛しているらしい。そのあと、朱燐が出発する手筈だった。

さらに念のため、屋敷から皇城へは直行しないようにしている。劉家は皇城の南側だが、一度、外城を通って回り込み、北の城門から入ることになっていた。

「ふむ、ご苦労!」

「はっ!　劉将軍!」

清藍の部下が、賊の捕縛を知らせにきた。双方、はっきりとした大声で会話している。清藍が特別大きな声だと思っていたが、武人とは、こういうものなのかもしれない。劉家では見慣れた光景であった。朱燐も引きずられて、声を張りあげてしまうことがある。先日、英翔から「うるさい」と注意されたばかりだ。

英翔は、もう皇城に入っているだろうか。

彼も同じ会試を受ける。二人とも及第し、学友であり、好敵手だとも思っていた。しかし、蹴落とす仲ではない。官吏として勤められればよいと考えている。

もっとも、英翔が朱燐をどう見ているかは不明だ。朱燐が勝手に好感を持っているに過ぎない。

「行くぞ、朱燐！」

「はい」

朱燐は目立たぬ色の外套《がいとう》を羽織り、もう一度持ち物を確認する。懐に忍ばせた金符をなくしては一大事だ。これを見せなければ、会試が受けられない。朱燐は布で包まれた木札の存在を、手で触って確かめる。

清藍とその持童《じどう》が先導してくれるので、朱燐はあとをついて歩いた。打ち合わせどおりに、劉家の屋敷を出て一度外城へと向かう。

外城と言っても、内城に近い場所を通る。比較的、金銭に余裕のある中間層が住む区画だ。治安はそこまで悪くない。

「…………？」

だが、朱燐はふと周囲の違和感に気づいた。

人が多い。

国子監へ通うときも、いつも朱燐は外城を通るのでわかる。明らかに平生よりも、出歩く人の数が増えていた。

それも、この区画の住人ではない様子だ。もっと外側に住んでいるはずの貧民層であると、一目でわかる身なりをしている。服の袖から、罪人の証《あかし》である刺青《いれずみ》が確認できる者までいた。

みな、朱燐たちを観察している。

異様な空気には、清藍も気づいていた。

「朱燐、離れるな」

「は、はい……」

彼は朱燐に離れぬよう、小声で呼びかける。

朱燐の声にも、緊張がこもった。

「そこのお人……符を、持っているのかね？」

いきなり朱燐に向かって質問したのは、老いた女性であった。伸び放題の白髪で顔がよく見えないし、声がしわがれている。ニタニタと笑う口から、欠けた歯がのぞいていた。

「え……はい……？」

なにを問われるのかと思えば。朱燐は驚いて、つい返答してしまった。

その瞬間、清藍が朱燐の手を引く。

「────ッ」

強引に身体を引き寄せられ、朱燐は舌を噛んだ。けれども、痛みよりも、一拍置いて鳴った物音に気が向いた。

朱燐が立っていた位置に、大きな瓶《かめ》が落ちて割れている。頭上を確認すると、屋根から子供がこちらをのぞき込んでいた。

なに、これ……？

「行くぞ！」

混乱する朱燐を抱えて、清藍が走った。

「しっかりつかまれ！」

「…………ッ！」

返事もできず、朱燐はただ屈強な身体にしがみつく。なにが起こっているのか、まったく理解が追いつかない。

「え……」

やっとのことで目を開け、朱燐はその光景を疑った。

すぐうしろを、清藍の持童が走っている。問題は、そのうしろだ。

三人を追っているのは、民衆であった。主に貧しい人間だろうか。血眼《ちまなこ》になり、怒鳴りながら朱燐たちを追い回している。

「符を寄越《よこ》せ!」

「高く買い取ってもらえる!」

「あいつだ!　あの女だ!」

符?

朱燐は、とっさに懐を探った。会試の資格証である金符は、朱燐の手を離れていない——まさか、これを狙っている?

高く買い取ってもらえると、言っている者もいた。

「劉将軍、もはや暴徒にございます!　鎮圧のご命令を!」

持童が叫び、清藍の指示を仰いでいる。

たしかに、各々に凶器を持った民衆が、朱燐たちを追い回す様は、暴徒と呼ぶに相応しい。

「だが……」

清藍は迷っている様子だった。

民衆に武器を向けるのを戸惑っている。それもあるだろう。けれども、朱燐はべつの迷いだと悟った。

「職務を優先してくださいませ。私は大丈夫でございます！」

清藍に抱えられたまま、朱燐は叫んだ。

もうこの状態の民衆を放ってはおけない。鎮める必要があるのは明白だ。

それでも、清藍が二の足を踏んでいるのは、朱燐が原因であった。

迅速に対応しようと思えば、清藍が軍の指揮を執らなければならない。しかし、そちらを優先すれば、朱燐は会試に間に合わなかった。

迷う必要はない。朱燐には、次があるのだ。

一度で及第すると期待をかけてくれた天明を裏切る結果になるが、致し方がない。また次回に延ばしても道はある。

「………」

朱燐を抱える清藍の腕に力がこもる。

やがて、持童の名を呼んで指示を出した。

「お前は皇城へ行き、主上に現状をお報《しら》せしろ」

声音は冷静さを保っている。

「私は、主上より賜った任務を優先する！」

朱燐は目を瞬かせた。

清藍の言っている意味がわからない。だが、持童は両手を組みあわせ、「御意!」と返答しながら、二人から離れていく。

「え?　え……どうなさるのですか!　早く指揮を……」

朱燐は問うが、清藍はまっすぐに疾走する。後宮で野球を嗜む女たちなど、比べものにならぬ脚力と腕力だ。

「朱燐、許せよ。少々手荒になるぞ。口は閉じておくように!」

「は……な、なん!?」

清藍の足が速くなっていく。

大股で助走をつけていた。

朱燐は混乱しながらも、清藍にしがみつく。清藍は地面を強く踏み込んで、高く跳びあがった。

「き――」

朱燐は悲鳴をあげようとしたが、慌てて口と目をぎゅっと閉じる。

二人の身体は弧を描き、やがて落ちていった。

着地するはずの足場は存在せず――そのまま、濁った水の流れる排水路へと吸い込まれる。

三

暴徒化した貧民層の情報は、瞬く間に天明の耳へと届いた。

すぐさま、鎮圧の兵を出さなくてはならない。

「清藍からの連絡はないのか」

天明は半ば苛立ちながら問うが、颯馬は首を横にふる。

蓮華から賊の情報を聞き、対処を清藍に一任した。無事に、門衛に紛れた賊は捕らえたと報告があがっていたのだが……今度は外城での暴徒騒ぎだ。

清藍なら、劉家の屋敷から皇城への道筋には注意を払う。一度、内城から外城へ出たとすれば、狙いはやはり朱燐か。ここまで予測がつくと、頭が痛くなってくる。

紫耀という男、わざと蓮華に囮の情報を流したか。

だが、それも妙だ。

蓮華から得た賊の情報も、それなりに練られていた。あのまま遂行されれば、朱燐の妨害はできたかもしれない。もっとも、門衛に襲われたところで、清藍がついていれば対処できた可能性が高い。計画としては悪くないが、個の武勇を勘定に入れれば、破綻していたとも言える。

なにが目的だ。

「劉将軍より伝令でございます！」

ほどなくして、天明のもとに少年が訪れる。声を張って礼をする姿には見覚えがあった。清藍の連れている持童だ。

「申せ」

「は！」

持童は両手を組みながらひざまずいた。

「民衆の狙いは、朱燐の金符でございます。しかし、騒ぎに乗じて関係のない者まで内城へ侵入する事態に発展しております。ただいま、臨時の指揮で内城の城壁を防衛中。劉将軍は、任務遂行を優先するとのこと！」

「そうか」

その言葉を聞き、天明は立ちあがる。

「ずいぶん信頼されてしまったな」

想定内、いや、劉清藍なら、この選択をするだろうと確信していた。

「颯馬、支度を。俺が指揮を執る」

最も早い対処策だ。

凰朔の禁軍は本来、皇帝の兵である。総師は、その指揮権を皇帝から賜っているに過ぎない。

清藍を待つ必要などないのだ。

「民に刃は抜くな。なるべく捕縛すること」

相手は統率のとれていない民衆だ。無駄に殺し、刺激するのは下策だろう。

「承知いたしました」

颯馬が動き、清藍の持童もさがっていく。

天明も、前線へ向かうべく執務室を出た。

回廊の突き当たりから、城下を一望できる。天明はここで足を止めた。

決して狭くはない皇城の景色は、一見、いつもどおりだ。内城も、比較的静かである。だが、その向こうに広がる外城からは、いくつか煙があがっていた。家に火をつけた者がいるのだろう。城門には、人の群れも確認できる。

ただ朱燐の会試を妨害するためだけに、ここまでするか？　遼博宇が？

やり口が、いつもとちがう。

天明は眉間にしわを作った。

「あれは」

視線を落とすと、皇城を歩く人影に目が留まる。

懐かしさと寂しさ、複雑な感情が入り交じり、肝がにぎり潰されたと錯覚した。もがくように、天明は呼吸を速める。

「最……黎……――？」

その姿を……一瞬、別人に見間違えた。

だが、すぐに重なった影は消え失せる。

ちがう。

こちらをふり仰いだのは、最黎の顔ではなかった。

なぜ今、影を重ねてしまったのだろう。己《おのれ》のことなのに理解できず、天明は額に手を当てた。

天明を見あげているのは、最黎ではない。かつて、天明が焦がれた兄はもういない
――紫耀は、まっすぐに天明を見据えていた。

表情までは判別がつかない。笑っているようにも、睨まれているようにも感じられる。ただ、おぼろげに伝わるものがあった。

挑まれている。

そう直感して、天明は奥歯に力を込めた。

またおかしくなりそうだ。

芙蓉殿で、蓮華を責め立てた夜を思い出してしまう。颯馬から忠言されたのに、天明はあれから蓮華のもとへ行けていなかった。

あの感情が、再び天明を掻き立てる。湧き水のごとく心を占拠し、我を忘れそうになった。

どうして、このようなときに、蓮華について考えるのだ。

此度の暴動、紫耀が絡んでいる。今はそちらを対処すべきであり、蓮華は後回しだ。だのに、歯止めが利かなくなっている。

「………………」

いったん、整理せねば。

天明は深く息を吸い、浅く吐いた。

頭に糖が足りぬのだ。

蓮華がいつか言っていた。このような場合は、飴を食むと落ちつく、と。天明はその言葉どおりに、いつも持ち歩いている飴を一つ口に含む。

蓮華の飴は甘いだけではない。果実の味が口内に広がった。

これは、桃か。

舌先で転がしながら味について考えると、幾分か頭が軽くなった。胸の奥に蔓延《はび》こる黒い泥が引いていく。

自然と息が整い、視界が開けていった。

蓮華の力を借りているような気がする。

天明一人では無力なのかもしれぬと自覚すると同時に――受け入れていた。

もう誤魔化しが利かない。

鴻蓮華という存在は、天明にとって大きすぎる。

所有欲でも独占欲でもない。

認めてしまうと、もっと穏やかな感情なのだと気づけた。

## 四

皇城の中やのに、えらい騒がしい。

後宮から皇城へ渡りながら、蓮華は異変に気がついていた。だが、今はとにかく急いでいる。長い回廊をバーッと駆け、キュッと曲がりながら無視した。

男装して、陳蓮の姿だ。それでも、回廊を走る人間などいないので、すれちがう人々がみんなふり返っていた。ほんま、ごめんやで！

「えーっと、えーっと……どこやっけ」

会試は皇城で行う。貢院《こういん》、つまり、試験会場が用意されている。刻限が来ると、貢院は封鎖され、二日間をかけて試験が行われるらしい。泊まりがけの長期決戦というわけだ。

開始してしまうと、蓮華は中へは入れない。

朱燐の無事を確認すればいい。大丈夫だとは思う。朱燐は劉家におり、今日は清藍が送るのだ。しかし、玉玲の忠告も無視できない。

「それにしても」

物々しい。

皇城には、いつになく兵が多かった。それも、矛や盾に羊毛を巻いた、特殊な装備である。普通ではないのは蓮華にもわかった。

やっぱり、なんかあったんやろか……。

胸がざわつく。朱燐とは関係なければいいが。

「もしもし、すんません！　通してや！」

貢院に到着し、蓮華は声を張った。

「金符を出すのだ」

蓮華を受験生だと思ったのか。門衛から受験票の提示を求められてしまった。

「ちゃうちゃう。人捜しや。朱燐って娘が中におるはずなんやけど、確認してくれへんやろか？」

蓮華が用件を告げると、門衛は露骨に顔を歪めた。面倒くさいとでも言いたそうである。

やっぱり、胡散臭い思われとるよなぁ……蓮華はゴホンと咳払いし、胸を張った。

「私の名は、陳蓮。礼部からの使者です」

できるだけ訛りが出ないよう注意しながら偽名を名乗る。ちょっと大仰に言ったせいで、胡散臭い度が増した気がしないでもない。

だが、門衛は「陳家……」と家名に反応している。さすがは大貴族の陳家。偽名ながら役立つ場面が多い。動揺しながら、「確認だけならば」と、中へと入っていく。

蓮華は入り口で待ちながら、首を伸ばす。

広い講堂に人が集められている。受験生だろうか。身なりがよい男ばかりだった。

各地の学府が整っていない間は、元から教養のある者が中心なので当然だ。体制が整備されれば、地方在籍の者が推挙人なしで受けられる郷試《きょうし》も導入されるらしい。順々に、学校と試験段階を増やし、ふるいにかけながら、より優秀な官吏を養育していく。

「うーん……」

ここからでは、朱燐がいるかどうか判別できなかった。

やがて、門衛が戻ってくる。

「確認したが、朱燐という名の者は……家名はわかりますか」

門衛は、蓮華にそう告げた。

朱燐……まだ来てないいんや……！

刻限が近い。今がギリギリのラインだろう。これ以上は遅刻となり、受験資格が消失してしまう。

「家名はありません。ただの朱燐です。ほんまにおらんのですか？」

「名なし……」

相手の態度が明らかに変わった。朱燐が名なしと知った途端に、汚らわしいと言いたげに唇を歪める。

「本当に会試を受ける資格があるのでしょうか。此度は推挙人と、国子監の推薦が必要となります。名なしが資格を満たしているとは、とても――」

「推挙人は劉のお兄ちゃん、いや、清藍殿です。国子監にも通って、ちゃーんと推薦してもろてるはずです。確認もせんと、名前だけで人を決めつけたらあかん！」

蓮華が捲し立てると、門衛がたじろぐ。

「とにかく……資格のある人間が、まだ到着していないのは大事《おおごと》や。なんとか、開始時間を延ばしてもらえんやろか」

ダメ元で、蓮華は拝む仕草をした。

「なりませぬ」

せやろな。知ってたわ。

ここは、朱燐が名なしだろうが貴族だろうが、融通は利かないとわかっていた。むしろ、簡単に利いて堪るか。

気がかりなのは、皇城の物々しい雰囲気だ。兵が動き、なにやら騒ぎになっている。どないしよ。柳嗣に掛け合い、特別措置をとってもらうか……しかし、国子監で励んでいた朱燐の姿が、蓮華の脳裏を過った。いまさら特別扱いすれば、彼女の努力は無駄になるかもしれない。

「金符を」

蓮華が悩んでいる間に、ほかの受験者が到着する。

「あ」

ふと確認して、思わず蓮華は声をあげた。一方、相手のほうは蓮華を見て、首を傾げている。

白い仮面をつけた青年であった。特徴的なので、まちがえようがない。

「なにか」

たしか、黄英翔という名前だ。朱燐に張り合って、課題の増量を要求していたので、よく覚えている。

「あなたは……」

まじまじと見つめてしまったせいで、英翔の声は不審者に向ける色が含まれていた。

蓮華は慌てて、両手を組みあわせる。

「陳蓮と申します。礼部から参りました……失礼ですが、お尋ねします。朱燐を見かけませんでしたか？」

蓮華の問いに、英翔は一瞬黙る。表情はわからないが、驚いているのが伝わった。

「彼女は……まだ来ていないのですか」

「ええ、まあ」

英翔はうつむき、考え込みはじめた。

「ここへは、北の城門を通りました。しかし、南の城門には暴徒化した民衆が殺到していると聞いて……」

「な、なんやて？」

暴徒化した民衆？

蓮華はパチクリと瞬きした。

劉家の屋敷は、内城の北側だ。被害はないだろうが……朱燐が、最短ルートを通るとは限らない。蓮華が賊の情報をもたらしたため、劉家への出入りをカモフラージュしていたはずだ。

もしも、回り道をして南の城門から入ろうとしていたなら、巻き込まれている可能性がある。

いや、実際、朱燐はまだ到着していない。

これは、えらいことになった。

——すぐに、その娘の安否を確認なさい!

珍しく強い口調だった玉玲の言葉が思い起こされる。

背筋が冷えて、震えた。

紫耀は、わざと蓮華に偽の情報を流していた? その可能性に気づけず、安心していた己を殴りたい。

今までの遼博宇のやり口とちがっている。

紫耀がどのように民衆を煽動《せんどう》したのかは、どうでもよかった。朱燐が危ないかもしれない。その事実だけが、蓮華を衝き動かした。

「あかん。迎えに行かな!」

蓮華は居てもたってもいられず、身を翻す。

今から行っても、きっと会試に間に合わないだろう。だが、もうそれはあとで考えればいい。朱燐の安全が第一だ。

「あ……」

けれども、蓮華の足はすぐに止まる。

視線の先で、こちらへ走る姿があったのだ。

屈強な青年が、なにかを抱えている。いや、あれは……人だ。小柄な娘だった。

「朱燐、兄ちゃん……！」

一見して、誰なのか判別できない有様だった。

清藍も朱燐もずぶ濡《ぬ》れで、衣服が汚泥にまみれている。貴族の当主と、会試の受験者ですと説明されたって、遠くからでは見分けられない。近づくと、酷い悪臭も漂ってくる。

「どないしたんや！　その格好……！」

蓮華は駆け寄りながら叫ぶ。清藍は、朱燐を蓮華の前へおろしながら足を止めた。

「鴻……いえ、陳蓮様」

朱燐はずいぶん疲弊しているようだ。ふらふらとした足どりで、蓮華に歩み寄る。

蓮華は衣が汚れるのも構わず、朱燐を抱きとめた。

「こんなになって……！」

蓮華に抱きしめられながら、朱燐は顔をあげる。

「民衆に追われ、排水路を通って参りました。劉将軍がいてくれなかったら、どうなっていたことか……まだ間に合いますか？」

弱々しいが、声音はしっかりとしていた。疲労の色は濃いけれど、朱燐はまだあきらめていない。

　排水路は、要するに下水道である。西域との交易が盛んな梅安では、早い段階から下水道が完備されていた。

　あんな場所を通ってくるなんて不衛生にもほどがある。

　しかしながら、暴徒化した民衆に追われていたとなれば、逃げ道として有効だ。皇城へも通じているので、きちんとしたルートを選べば時間短縮にもなる。清藍の判断は的確であった。

「私は主上から、朱燐を託されましたから。職務を全うしたまで!」

　清藍は声高らかに笑う。

　だが、蓮華はそこで「ん?」と、首を傾げる。

「ちょい待って。民衆が暴徒化して、兵隊さんがいっぱい走って行きよったけど……兄ちゃん、ここにおってええんですか?　総帥でしょ?」

　問うと、清藍は胸に手を当てる。自信満々、最高に気持ちのいい笑顔であった。

「主上におまかせした!」

　ええええええ!　主上さん!?

　蓮華は口をパクパクと開閉させた。天明が禁軍の指揮を執っているというのだろうか。大丈夫なのか、心配で身が震えてきた。

「安心召されよ。ああ見えて、主上は武芸達者です！　兵法に関しては、並の将でも舌を巻くほど。幼い時分は、共に学んでおりましたので！」

天明の運動能力が高いのは、蓮華も知っている。だが、まさか、清藍にそこまで言わせるとは。たしかに、どれも君主には必要なスキルだ。

天明は即位してからもしばらくは無能を装っていた。けれども、秀蘭と共同統治になってからは、すぐに才覚を発揮している。

本人は最黎に帝位を譲るつもりであったと言っていたが、努力は怠っていなかったのだろう。

芙蓉殿で責め立てられて以降、天明とは顔をあわせていない。玉玲を招くタコパの席にも、本当は呼びたいのに……。

思い出したら、不思議と会いたくなってきた。

しっかり謝って、話しあいたい。

ちゃんと仲直りしたいと、改めて思う。なんだかんだ、ほっとかれへんから……。

「朱燐でございます。金符は、こちらに」

一騒動あったが、朱燐は会試に間に合った。金符を取り出し、門衛に示す。

けれども、門衛は朱燐の姿を上から下まで見つめる。そして、露骨に顔を歪めた。

「他の受験者の妨害行為は禁止である」

なんの話をしているのだ。朱燐も蓮華も、ポカンとしてしまう。

妨害行為……排水路を通ってきた朱燐から発せられる異臭は強烈だった。親しい間柄である蓮華でも、鼻が曲がりそうだ。もちろん、清藍も。

「着替えはあるか」

「え……」

朱燐は戸惑ったようにうつむいた。

会試は二日にわたって行われる。朱燐は着替えを持参していた……が、彼女の荷物は排水路を通った際、すべて浸水している。手元には、ずぶ濡れとなった包みがさがっていた。着ている服と、匂いも汚れも大して変わらない。

「ほな、うちがとってきます！　新しい衣があったら、ええんでしょう！」

蓮華は提案するが、門衛は首をふった。これ以上は待てぬ、という意味だ。

会試の間、カンニング防止のため、外部との接触は禁じられる。蓮華があとから衣を届けたところで、朱燐はそれを受け取れないのだ。

朱燐は間に合った。

なのに、試験を受けられない。

「そんな……」

肩を落とす蓮華の隣で、朱燐はしかし、穏やかだった。受け入れたと言わんばかりに、唇が弧を描く。

「こ……陳蓮様がお気を落とさないでください。また次を受けます」

虚勢ではなく、前向きだった。朱燐は胸を張ったあとで、蓮華に対して深く深く頭をさげる。

「劉将軍も。ご尽力いただきましたが、及ばず申し訳ありません」

次いで、清藍にも謝罪した。

排水路を通り道に選んだのは清藍だ。それだけに、こちらは複雑そうな面持ちで朱燐を見ていた。

朱燐だけは、清々しい表情だ。その顔を見ていると、蓮華たちはなにも言えなくなってしまう。

これで、おしまいだ。

これで……いいのだろうか。しかし、試験は次回もある。次に備えて、また勉学に励めば――。

「……待ちなさい」

もう、この場を去ろう。

朱燐が門衛に頭をさげる直前、英翔が口を開いた。さきほどまでよりも、高くて優しい声だった。

あれ？　この声……？

蓮華の頭で記憶と記憶が繋がっていく。

「私の服を着なさい。着替えれば、少しは臭いも消えるでしょう」

英翔は、白い仮面を外していた。仮面越しにくぐもった声とは、まったくちがって聞こえる──蓮華は「あー！」と口元を押さえた。仮面を外した英翔の顔には、見覚えがある。

「受け取りなさい、朱燐」

素顔を晒した英翔は自分の荷物を、朱燐に突き出していた。

これは英翔が会試を受けるために用意した荷物である。渡してしまえば、英翔が困るではないか。

英翔が髪留めを外すと、長い黒髪が横に広がった。

「私には資格がないから」

凛とした目は、朱燐だけを見据えている。大人の色香を備えた美貌は、化粧をしていなくとも健在だ。

「私は黄英翔ではない……本当の名は、郭露生です」

以前、天明と契約していたという女官、郭露生である。

どうして、もっと早く気がつかなかったのだろう。露生の声は、何度か聞いていたのに……仮面にすべて騙されていた。

「私は主上から、官吏になれと命じられました——でも、断ったの」

露生の語り口は明朗だが、陰がある。まるで、うしろめたさを噛みしめているかのようだった。

「今まで、女人というだけで、不当に扱われてきた。まともな仕事すら与えられず、疎まれ飛ばされて……あんな環境で能力を示すなど無理でしょうよ。きっと、試験を受けたところで、現状は変わらない」

露生は目を伏せ、唇を噛みしめた。悔しさが滲《にじ》み出ている。

「郭露生として、私は能力を示す自信がなかった。だから……」

露生は天明の誘いを断り、代わりに男として官吏になりたいと申し出たのだ。

顚末《てんまつ》を聞いて、蓮華はいろいろ納得がいった。皇城で会った露生が、悲しそうだったのも、「綺麗」と言われて否定したのも。

天明が急に朱燐を選んだのは、露生に拒まれたからだ。朱燐は露生の代打だったとすれば、打診の時期にも辻褄《つじつま》があう。

天明は露生になにかを懇願していた。真剣な顔で、「考えなおさないか」と、問うていたのは、露生に女人として試験を受けてほしかったからだろう。

それなのに、蓮華は余計なお節介を焼いて、天明に「お妃には、せぇへんのですか?」などと言っていたのだ。

事情がわかると……近ごろの天明が怒っていた一因が見えてくる。あれは、蓮華にも責任があったのだ。

しかも、こんな事情を易々と言えるはずがない。

ほんま……主上さんに謝らなあかん……。

蓮華は心中で反省した。

「私は、朱燐が嫌いです。大嫌い」

露生は朱燐を睨みながら吐露した。

なのに、それを受け止める朱燐の顔は、優しい。

「朱燐は女で、しかも、名なしで……私にはできなかったことをやろうとしている。あきらめていた道を進もうとしてる。あなたなんて、嫌いです」

だから、露生は朱燐と張り合っていたのだ。

露生があきらめた道を、朱燐は歩んでいる。そんな朱燐がまぶしかったのだろう。国子監で嫌がらせを受けて迫害されても、黙って道を行く朱燐が許せなくて、だが、同時にうらやましくもあった。

「今だって、そんな格好で来て。追い返されたって泣きもしない。憎たらしい」

言葉はキツイが、そこに刃は含まれていなかった。露生なりの激励なのだろうと、蓮華にもわかる。

「英翔様……いいえ、露生様」

朱燐は、そっと手を伸ばす。

「私は、本当に恵まれています。この身には、もったいない」

露生の荷物を受けとって、朱燐は顔をあげる。

「本当によいのでしょうか」

露生は性別と身分を明かしてしまった。もう黄英翔として、試験をうけることは叶わない。

露生は唇を引き結んで、荷物を朱燐の手に託す。

「次を受ける。郭露生として……だから、待っていなさい。数年程度なら、追い越す自信があるから」

露生は強気に言いながら、唇の端をつりあげる。

その頬に涙が一筋流れた。

「それは……」

朱燐は荷物を抱きしめるように持ちなおした。

「必ず及第せねばなりませんね。これ以上の重圧はございません。先に行ってお待ちしております。友ですから」

朱燐は微笑みながら、右手を露生に差し出した。握手である。

露生は戸惑った顔で、朱燐の手を見据えた。

「……私は、あなたの友なんかじゃない」

言葉は否定していた。しかし、露生の右手は、朱燐の手をとる。

固く結ばれた握手は、二人の好敵手に架けられた橋のようであった。

「では、また」

「必ず」

やがて、朱燐は踵を返す。こちらをふり向かず、門衛に改めて金符を見せた。

「おねがいします。すぐに着替えますすゆえ」

門衛は硬い表情だったが、しばらくして、息をつく。

「急がれよ。もうはじまってしまう」

朱燐はパッと笑い、「はい!」とはっきり返答する。

金符を渡したあと、朱燐は小走りに会場へと向かった。だが、少し行ったところで、くるりと身を翻す。

「気張ってまいります!」

両手をあげて叫ぶ様は清々しい。グローヴとユニフォーム姿の朱燐が、重なって見えた。

蓮華も応えるように、両手をあげる。

「がんばるんやでー！」

満面の笑みで、朱爀を送り出した。

# 発表会　大阪マダム、正妃になる!?

## 一

はい、温まって参りました。

いくで！

蓮華は大袖の襦《じゅ》を襷《たすき》掛《が》けにする。そして、鉄板のくぼみ一つひとつに、ハケで油を馴染ませていった。

「やっぱ、タコパはええな〜」

たこ焼きのCMソングなど口ずさみながら、機嫌よく生地を流し込んだ。

もう前世で慣れ親しんだ一連の動作である。それどころか、今世でも、やはりたこ焼きを回していた。魂がたこ焼き好きなのかもしれない。

蛸は見つかっていないけれど。

「鴻徳妃、本日はこのような宴を、ありがとうございます」

たこ焼きを回す蓮華に、朱燐が改めて一礼する。

「ほんな、宴やなんて大袈裟やで。タコパやもん」

朱燐の会試は無事に終わった。皇帝からの口頭試問である殿試《でんし》も終え、あとは合否を待つだけだ。

今日は晴れて、おつかれさまのタコパを開いている。

会試の際に発生した暴動は、早期に鎮圧された。

民衆からの聞き取りで「朱燐の持っている金符を奪えば、高く買い取る」という噂が発端だったと判明している。しかし、誰がどのように流した話なのか、判然としない。何人もの人間を介して貧民街で広がっていったものと見られた。

騒ぎに乗じた他の民衆が加担して、暴動は大きく燃えあがったものの、動機が金だ。威嚇程度の攻撃で、すぐに城門から散り散りになったと聞く。

天明自ら禁軍の指揮を執り、無事収めた。武器に羊毛を巻き、極力、市民を傷つけないよう注意を払ったらしい。民衆相手の小競り合いだが、早期終息を評価する声も、蓮華の耳には届いていた。民家につけた火も大して燃え広がらず、大惨事には至っていない。

朱燐の金符を奪うために、わざわざこのような大がかりな手を使うなんて――今までの遼博宇の手段とはかけ離れていて引っかかる。

朱燐を襲撃しようとして捕らえられた賊も、「妻子を人質に取られ、やむを得ず」

と身の上を語ったという。もちろん、遼博宇に繋がる証拠はなかったが、こちらのほうが、従来のやり口に似ている。

そのうえで、さらに民衆を動かして騒ぎを起こしたと考えると……狡猾と評するべきなのだろうか。だが、チグハグな気もする。

疑問や課題は残る。

けれども、ひとまずは朱燐の労いが先だろう。

「ほら、できたで」

蓮華は器にたこ焼きを八つ並べた。ソースをたっぷり塗り、青のり、花鰹《はながつお》、マヨネーズを順番にふりかけていく。お化粧を施すみたいに手際よく。アッアツを提供するための基本だ。

「秀蘭様も、どうぞ」

タコパの席には、秀蘭も招いていた。

「ええ。美味しそう」

今も尚《なお》、衰えを知らぬ美が微笑んだ。しかしながら、美しさばかりではなく、為政者らしい威風堂々とした厳格さも備えている。見る者をひざまずかせてしまうような圧力が漂っていた。

秀蘭は腰かけたまま、蓮華からたこ焼きを受けとる。衣は蓮華とおそろいで、虎柄を随所にあしらった襦裙である。芙蓉虎団の来季優勝をねがって、近ごろ、積極的にこの意匠を取り入れているようだ。すっかり、野球に心酔しているご様子。

朱燐の慰労会なので、蓮華はまっさきに秀蘭を招待した。

今は芙蓉殿の従業員だが、やはり、朱燐は秀蘭から受けた恩を忘れていない。呼ばないという選択肢はなかった。

本当は……玉玲も招待していた。だが、此度は体調が優れぬため欠席すると連絡が入っている。

いや、会試の一件があってから、玉玲は蓮華にも会ってくれない。

蓮華が水晶殿を訪れても、取り次いでもらえなかった。蓮華を追い返す璃璃の、申し訳なさそうな顔が思い出される。

玉玲が知っていること。

今回の鍵になるはずだ。

「主上さん、来てくれるんやろか……」

あとは、天明にも声をかけている。

こちらは、騒動の後始末やら、試験の導入に際する評価やらで忙しいらしい。「行けたら行く」としか返事がもらえていなかった。せやから、それ関西では「行かん」の意味やで。

秀蘭は「絶対に来るわよ」と言っていたが……蓮華には、むずかしい気がした。露生の件を謝りたかったのに。

「次は、私も回しましょう」

とはいえ、今は楽しいタコパの場である。政の悩みなど忘れたかのように、秀蘭は虎柄の袖をまくりあげた。

「秀蘭様、朱燐めが焼きますのでお座りください」

秀蘭の手を煩わせまいと、朱燐は慌てて腰を浮かせる。まだ口には、たこ焼きが詰まって、もごもごとしていた。

「朱燐」

しかし、秀蘭は声音を低くする。朱燐はドキリとした面持ちで、その場に静止してしまった。

「凧派とは、みなで焼くものでしょう。私が、あなたに焼いて差しあげます。座っていなさい」

ド正論なのに、命令された気分だった。朱燐は固まりながら、「は、はい」と、浮かせた腰をさげていく。

だが、秀蘭はすぐに微笑みながら、朱燐にたこ焼きピックを差し出した。

「だから、私のたこ焼きを焼いてもらえるかしら」

天女のような笑みで、秀蘭は朱燐にたこ焼きピックを持たせる。

秀蘭は、貧民街で行き倒れた朱燐を拾って世話をしていた。読み書きを教え、環境を整え、生きる道を与えた人だ。

その後、朱燐は蓮華の内情を探るための駒として送り込まれた。あのころは、天明と秀蘭が対立しており、朱燐は処刑されてもおかしくない状況だっただろう。だが、天明がそのような措置をとらない性格なのは、秀蘭も理解していたのかもしれない。

今は蓮華の侍女だが、やはり朱燐の心には秀蘭がいる。

この二人が蓮華には、親子とはちがう絆《きずな》で結ばれているような気がした。こうしてタコパを楽しむ様子を見ていると、こちらの心も穏やかになっていく。

「あまり上手ではなくて、ごめんなさいね」

「いいえ！　いいえ！　秀蘭様手ずから焼いた、たこ焼き。大変美味しゅうございます。朱燐は幸せにございます！」

芙蓉殿の屋台でもたこ焼きを回す朱燐と、ときどきタコパを嗜む秀蘭とでは力量に差が出る。けれども、朱燐は本当に美味しそうに食べていた。

パクパクと、二つ三つ、一気に口へと放り込む。当然、熱いのだが、朱燐はハグハグと口を動かし、呑み込むように完食した。秀蘭は楽しそうに笑い声をあげる。

ほんま、平和やな……。

こんな時間が、いつまでも続いてほしい。

民衆が暴動を起こし、禁軍が動いたと聞き、蓮華は息が止まりそうになった。あり得ないと思っていた騒乱が、すぐそこにあるのだと突きつけられ、思考が停止したのだ。

日本だって、想定外は突然訪れる。

けれども、この世界では、それがより身近で……いや、日常なのだ。

蓮華はちびちびと、お酒を舐めながら考える。顔が火照《ほて》ってきているのが、自分でもわかった。

そろそろお腹も膨れてきた頃合い。

「秀蘭様、鴻徳妃」

朱燐が姿勢を正し、蓮華と秀蘭の前に立った。

「改めて、お礼を。本日は、私のような者のために、宴《たこぱ》を催してくださり、ありがとうございます」

顔の前で腕を組み、正式な手順で礼をする。

朱燐は、そのままの状態で言葉を継いでいった。

「お二人には、いつまでもお世話になってばかりで……朱燐は、本当に恵まれております」

そんなことないで。当然やろ。

蓮華は朱燐に言葉をかけそうになる。だが、隣で聞く秀蘭は、黙って朱燐の言葉を受け入れていた。その顔は、さきほどまでの和やかなものではない。彼女の主として、毅然とした態度であった。

「まだ身の上も決まらぬ状態で、このような話は、気が早いかもしれません。ですが、どうしても……お伝えしたくて」

殿試の結果が出ていないため、朱燐が官吏になれるかどうかは確定していなかった。だが、蓮華と秀蘭がそろう場で言っておきたかったのだろう。

朱燐は顔をあげ、二人を見据える。

「秀蘭様。卑しい身分である朱燐に、生きる希望を与えてくださり、感謝の言葉もございません。朱燐の心は、いつまでも秀蘭様をお慕いしております」

秀蘭は唇に弧を描きながら、わずかにうなずく。

次いで朱燐は、蓮華に向きなおる。

「鴻徳妃。優しく手を差し伸べてくださるばかりではなく、いつも楽しませていただいておりました。あなたのお姿は、朱燐にとっての星にございます」

それぞれに述べる朱燐の瞳が揺れる。

結果が出れば、朱燐は官吏だ。後宮から出て、給金をもらいながら自分で生活することになる。しばらくは劉家が後見につくという話であった。

芙蓉殿から出ていってしまう。一官吏となるため、今のように秀蘭と会うのもむずかしい。芙蓉虎団からも脱退だ。

「この先は主上のため、凰朔のために働きとうございます」

寂しさが込みあげてきた。

理解していたのに、その期日が近づいている現実が、いまさら重く感じられる。それは秀蘭も同様かもしれない。

「しかし、秀蘭様も鴻徳妃も、志は主上と同じと信じています。お役目を果たす形で、これからもお二人に恩返しをしていきたいと考えています。ですからどうか……朱燐を見守ってくださらないでしょうか」

朱燐は「恵まれている」、「自立しなくては」と表現していた。蓮華や秀蘭に迷惑をかけてはならない、と。

だが、今は「見守ってくださらないでしょうか」と言っている。

小さな変化かもしれない。

でも、蓮華は嬉しくて堪らなかった。心に、ぱっと鮮やかな火が灯《とも》る。

「モチのロンや！　これからも、よろしゅう頼むで。朱燐！」

ニパッと笑って、ピースサイン。

本当は秀蘭のように、主らしく振る舞うべきだ。

しかし、蓮華はこちらのほうが「らしい」と感じた。朱燐にいつも見せている、雇用主としての蓮華の姿である。

朱燐は一瞬、呆気《あっけ》にとられたみたいに口をポカンとあけた。

けれども、ほどなくして満面の笑みに切り替える。

「はい！　私は……鴻徳妃のような凰朔真駄武を目指します！」

ピースサインを二つ作って、朱燐は明るく返答した。

二

ちょっと飲み過ぎてしもたかも。

ぽやぽやした頭を冷ますために、蓮華は芙蓉殿の庭を歩く。

朱燐とのタコパが楽しくて、お酒も進んでしまった。新開発の麦酒《ビール》が、思いのほか美味しかったのもあるだろう。西域から渡ってきた商人から聞いた手順をもとに、やっと試飲段階に漕《こ》ぎ着けたのだ。

やっぱり、たこ焼きには麦酒やわ。

ちょっと歩いて落ちついたら、また戻ろう。

蓮華は池の畔に腰をおろした。

水面に映る顔は、もうこちらの世界で見慣れたものだ。シュッとした印象の別嬪さんだが、お酒のせいで目がトロンとしている。こんなに酔っ払ったのは、久しぶりだ。日本では二十歳未満の飲酒は御法度だが、凰朔国の法では咎《とが》められない。

蓮華は、なんとはなしに、水面の自分へ触れようと手を伸ばした。しゅるりと、虎柄の披帛が肩から落ちる。

水面に波紋が広がった。

「危ない」

池へと身体が傾いていく蓮華を、誰かが支える。うしろから抱きとめる形で、しっかりと。

「あ」

水鏡に姿を確認し、蓮華はふにゃりと笑った。

「主上さんや。お久しぶりです～」

思っていた以上に、陽気な声が出てしまった。

水面に向けて手をふると、天明は呆れた顔で息をつく。

「お前は……どうして、いつもいつも……」

ぶつくさとつぶやきながら、天明は蓮華を石のうえに座らせた。お尻がごつごつするが、裙《くん》を通す冷たさが心地よい。

浮かれすぎだろうか。久しぶりに会ったのだから、もっとしゃんとしておいたほうがいいのかもしれない。申し訳程度に、蓮華は背筋を伸ばして胸を張った。

「主上さん、今日はなんや機嫌よさそうですねー？」

向かいあった天明の表情が、どことなくやわらかかった。芙蓉殿で責め立てられたときみたいに、激しい感情を剥き出しにしていない。かと言って、普段通りの天明ともちがう。

心境の変化でもあったのだろうか。

蓮華は一方的に安心して、いつも以上にリラックスしてしまった。リクエストされていないのに、「ふんにゃカパッパーふんにゃカパッパー」と、吉本新喜劇のオープニングテーマを口ずさむ。

「酔いすぎだろう」

「へへ、そうですかー？」

首がカクンカクンと、前に沈んでいく。このまま眠りそうだが、さすがにそれはよろしくない。風邪を引く。

「主上さん、お仕事はもうええんですか？」

「ああ。今日はなんとかなりそうだ」

「そうですかぁ……最近、大変そうやったから。来られへんのやと思ってましたわ」

「手間取っただけだ。行けたら行くと、返事をしておいたはずだが」

「それ、関西では行かへんって意味なんですよ」

「は？　関西、とは？　どこの国だ」

天明は眉根を寄せながら、「またわけのわからぬことを」と言いたげだった。うっかりと日本の地方名を口走っても、「いつもの」的な扱いをされてしまう。

「せっかく、お前のために蛸とやらの情報を仕入れてやったのに」

「え！　蛸！　今度こそ本物ですか!?」

一気に酔いが醒《さ》めた。

蓮華はカッと開眼しながら、天明へと身を乗り出す。いきなり蓮華が近づいたものだから、天明は嫌そうな顔で一歩後退る。

しかしながら、落ちつきたい。

これまで、何度もこのパターンで落胆した。ぬか喜びになる可能性のほうが高いのだ。それに、天明は「蛸の情報」と口にしている。ここに現物があるとは、一言も述べていなかった。落ちつけ、蓮華。深呼吸やで。

「で、蛸はどこですか！」

「落ちつけ」

再び前のめりになったので、天明に制止される。天明は表情を隠しながら、ごそごそと袖の中から巻物を取り出した。そんなところに忍ばせているとは。

「お前の絵と似ていると思ったのだが」

そう言いながら、天明が見せたのは絵だった。

墨で描かれており、味がある。

「これ……」

丸い頭に、長い足が八本。吸盤があり、墨を吐いていた。うにょうにょと広がる足が、どことなく太陽の神々しさを放っている。

このフォルム……まちがいない。蛸や！

蓮華は目をキラキラと輝かせながら、天明を見あげた。

「蛸や……！」

だが、どこで誰が描いたものだろう。

よく見ると、大きな蛸のほかに、それを崇《あが》めるように平伏《ひれふ》す人々も描かれている。

まるで、宗教画みたいだと感じてしまった。

「これは、山の民が造った神殿の壁画を描き写させたものだ」

「山の民？」

延州の西に住む民族の呼称だ。深い山々に囲われた地に暮らしており、荒々しい気性らしい。仙仙の実家である延州の王家は、この山の民との間に関係を築き、力をつけた。

「神殿っちゅうことは、蛸を崇めてるんでしょうか?」

「そのようだ」

山に住んでいる民族が、どうして蛸を?

たしかに、蛸は蓮華が絵で説明しても、見目のせいで凰朔では気持ち悪がられている。前世の世界だって、昔は海の悪魔として恐れられる地域が多かった。蛸を好んで食す地域は、意外と少ないらしい。

禍々《まがまが》しいものを、逆に祀《まつ》って神様にしてしまおうという精神は、宗教の形として珍しくないが……なぜ、海にいるはずの蛸を、山の民が崇めるのだろう。まず、そこがわからない。

だが、とりあえずは朗報だ。

なんと言っても、蛸はこの世界にもいる。

これが判明しただけで、蓮華にとっては希望だった。

「待っててや。蛸ちゃん!」

いっそのこと、蛸壺を作って海へ漁に出る許可をもらおうか。だが、いくら蓮華が好き放題しているからと言っても、さすがに他国へ趣《おもむ》くのはむずかしい。鴻家の交易ネットワークを使用すればいいが、後宮の妃という身分がついている限り、他国では公人である。難儀だった。

「早く……お前の喜ぶ顔を見られるように、調査を進めよう」

度重なる失敗もあってか、天明は蛸に対しての執念が強くなっているようだ。なにがなんでも見つけてやるという意気込みが感じられた。

「ありがとうございます、主上さん」

そう言って笑うと、天明はやりにくそうに目をそらす。珍しく、もじもじしている気がして、蓮華は首を傾げた。

やがて、天明はぽつりぽつりと、言葉を並べる。

「この間のことだが……俺が悪かった」

天明の口から出たのは、謝罪であった。

しかし、あれは蓮華が勝手な行動をとって、天明を怒らせたのである。それに、手に入れた情報だって、ブラフだった。天明が改めて謝罪する必要などない。

この謝罪をするために、わざわざ蛸の情報をくれたと言うのだろうか。

蓮華と仲直りしたくて？

「冷静になれていなかった。今は……大丈夫だ」

まるで、言い聞かせるような口調だった。

「お前と、よく話しあいたい」

まっすぐ、ストレートに届く言葉。

出会ったころの天明は、本心を蓮華に見せてくれなかった。けれども、今はきちんといろんなことを話してくれる。それなのに、蓮華はこんなに素直な天明を初めて見た。

なんの仮面もつけていない素顔だ。

無防備で、少し頼りない。だが、飾り気もなく、そのままの天明だと感じた。

天明と話したいことは、山ほどある。紫耀のことや、玉玲のこと、とにかく、たくさん。

けれども、蓮華もまずは天明に謝りたかった。

「主上さん。うちのほうこそ、すんません」

なにについて謝られているのかわからず、天明は不思議そうな顔だ。

「露生さんの件です」

「ああ、あれか」

一言で、天明は理解したらしい。露生が身の上を明かし、会試を辞退した事実は天明の耳にも入っているだろう。

「露生は強情なのだ」

天明は蓮華の隣に腰かけた。いつもより、距離が近い。衣越しに体温が伝わるほど。

「俺が即位したあと、皇城勤めに戻していたのだが、そこでも衝突があったらしい。能力が高すぎるゆえだな。勝ち気な性格も災いして、引くことをしない。正義を突き通す姿勢は好ましいが、女として生きるには不器用なのだ」

負けず嫌いなのは、朱燐と張り合っていたところからも、推察できる。そういう性質の女性なのだろう。そんな彼女だから、後宮へ飛ばされても腐らず天明と組んで、返り咲きを目指した。

どちらかというと、露生と天明は戦友だったのかもしれない。だから、天明も露生の意思を汲んで、男としての道を用意してあげたのだ。

「やっぱり、主上さんはお優しいですわ」

天明としては、朱燐を代わりに使うよりも、露生に無理やりにでも女として受験させたかっただろう。だが、そうはしなかった。代打の朱燐にも、無理強いはしていない。

政治家としては甘いと、批判されるだろう。

しかし、そのほうが蓮華にとっては好ましかった。

「あーあ……でも、主上さんの寵妃探しどうしましょうか」

露生と天明の間に、恋愛関係がないということは、やはり妃の中から探さなくてはならない。前世では恋のキューピッドと呼ばれてきた蓮華だが、今回はなかなか苦戦している。

「寵妃は必要ない」

ぼそりとつぶやくような一言だった。

「そないなこと言わんとってくださいよ。ちゃーんと、元気な子を産んでくれる奥さん見つけて、跡を継いでもらわな――」

「要らぬ」

今度は、もっと強い口調だった。

隣で天明がこちらに顔を向ける気配がする。

「お前が正妃になればいいのだ」

は？

なに言ってんねん？

蓮華は両の目を見開いて、隣に座る天明を確認する。天明は迷いのない、まっすぐな視線を蓮華に向けていた。

この距離だと、凰朔人にしては色素の薄い瞳の色がよく見える。周囲は暗いのに。

澄んだ色彩が、いつもよりも美しかった。

「最初に約束しただろう。俺が、お前を正妃にしてやると」

そんな話、いつ——したなぁ！　そういや、最初の約束では、徳妃やなくて正妃にするって話やったわ！　お徳用パックな「徳」の字が気に入りすぎて、忘れとったけど！

天明と出会ったころを思い出して、蓮華はあわあわと慌てふためく。

あれは、蓮華を利用するために持ちかけた条件だ。いわば、餌である。徳妃となった時点で、ほとんど果たされたようなものだった。

約束どおりに、蓮華を正妃にできなかったことを、どれだけ気にかけていたのだろう。ここまで律儀な男だとは思っていなかった。

蓮華は反応に困り、天明から目をそらす。

「え、え……うちは、べつに……徳妃でも満足してますけどぉ……？　いまさら、約束守ってほしいなんて、言いませんよ？」

たどたどしく告げると、盛大なため息が聞こえてきた。

え、ここってそんな顔するとこ？　なんか、おかしない？

「そうではない」

不意に肩を抱き寄せられ、蓮華は身体を硬直させた。

緊張する耳元に、天明が唇を押し当てる。それだけで、心臓がドキリと高鳴って、なにも考えられなくなってしまう。

なんやこの状況……!?

「お……お前が」

吐息が耳朶《じだ》に触れ、緊張感が伝わってくる。そのせいで、蓮華はツッコミを入れるタイミングを見失っていた。

「お前が、正妃になって世継ぎを産めばいいのだ……俺は、そうしてほしい……」

弱々しくて自信がなくて、肩を抱く手が、すがりついているみたいだった。責め立てられたときとは、べつの意味で感情が露出している。

今、天明はどんな顔をしているだろう。

確かめたくても、こちらも精一杯だ。顔面から火を噴きそうなくらい恥ずかしい。ドク、ドク、と脈打つ心臓の音が、天明まで届いているのではないかと疑った。

「しゅ、しゅ、しゅ……主上さんッッ」

緊張しすぎて、声が上擦っている。

頭の中で妄想のスイッチがオンした。キッチンで料理をしている蓮華。赤いカーディガンのうえから新妻らしいピンクのエプロンをつけて、イカと大根の炊いたんを作っている。そこへ、スーツ姿の天明が帰ってきて……いやいやいやいやいや、なんで現パロ妄想やねん。おかしいやろ。赤いカーディガンて、すち子かい。

妄想にもセルフツッコミした。

これは、言葉どおりに受けとってもいいのだろうか。

天明の正妃になって、世継ぎを産んでほしい。

蓮華が。そう、蓮華が。

はい？　ほんまに？　寝言ちゃいますか？

もしかして、寵妃探しに嫌気が差して、妥協か。妥協して、一番手近にいる蓮華が世継ぎを産めばオッケーとか思っているのかもしれない。だって、めちゃくちゃ楽やもん。こんなおねがい、真顔で言えるはずもない。天明が恥ずかしがっているのも無理はなかった。

要は、「契約内容の見直しをしよう」という提案である。仮の寵妃の枠組みを広げたいと言っているだけだ。

「しゅ、主上さん。あきらめたら、そこで商談終了ですわ」

蓮華は、この路線でツッコミを入れるべきだと結論づけた。コホンと一息払い、天明に顔をガバッと向ける。

天明はうつむいてしまって、表情がよくわからない。

「ほんま冗談きついわー……心配せんでも、うちがちゃーんと良い人見つけてあげますから。契約内容の更新は、急がんでも大丈夫ですよ」

蓮華は、できるだけニコニコしながら言い聞かせてみる。

天明は焦っているのだ。ここは、冷静さを取り戻してもらわないと困る。この前、ブチギレたり、いろいろ騒動があったりしたせいで、頭のネジが吹っ飛んでしまったのだろう。

大丈夫、大丈夫。どっしり構えて、待っててや～。と、蓮華は天明の肩をポンポンと叩いた。

「…………」

天明は石のように静止したまま、頭をあげなかった。声も出さず、ただ下を向いてしまっている。

な、なんでなんも言い返さへんの……？

蓮華は強烈な不安に襲われるが、振り切るように立ちあがった。

「う、うち……そろそろ、タコパ戻りますね。主上さんも行きましょう」

手を差し伸べたが、天明はしばらく黙っていた。

「……行かぬ。俺は戻る」

天明は短く言いながら立ちあがる。

蓮華には背だけを向け、声音も平淡であった。

あ、あれ……？

その背が寂しそうに見えて、蓮華は戸惑う。

「主上さ――」

呼び止めようと思ったが、上手く足が前に出なかった。

いつもなら、構わず天明の手を引こうとする。なのに、自分でも不思議なくらい億《おっ》劫《くう》だった。


――お前が正妃になればいいのだ。


いまさらになって、天明の言葉がフラッシュバックする。

普段とはちがう声。弱々しいような、すがりつくような。

いや、まさか……？

いくら蓮華だって、あれを本気と思うほど自惚《うぬぼ》れてはいない。自分のランクくらい、理解しているつもりだ。

でも……。

あかん断り方してしまったんやろか。

謝りたいのに、謝り方がまったくわからなかった。

# 卒業式　玉座

「どういうことだ！」

珍しく語気を荒らげる義父の傍らで、紫耀だけは冷静であった。八つ当たりで屋敷の壺を割る程度には、腹が立っているようだ。このような博宇は、なかなかお目にかかれない。

「どこかから、情報が漏れたのだ」

自らが仕向けた賊がすべて皇帝側に捕縛されてしまった。周到に、門衛の妻子を人質にし、逆らえないようにしたというのに。

もっとも、捕らえられた者たちは、自害に見せかけて牢獄《ろうごく》で殺害するよう指示されているので、その辺りは抜け目がないのだが。自分へ繋がる可能性は絶つ。博宇は、そういう男だった。

だが、駒の使い方が残念すぎる。もったいない。

紫耀はそう評価するのであった。

「お届けものでございます」

屋敷の下男が、おそるおそるといった様子で告げる。博宇は、案の定、身に覚えのない報告に、怒りの眼差しを向けた。

それを遮るように、紫耀が歩み出る。

「ご苦労」

簡易な文書である。文《ふみ》と呼ぶには、いささか短い。木簡《もっかん》に記された内容に、紫耀は目を通した。

「貴様、なにを」

博宇の視線が、今度は勝手に文を受けとった紫耀に向かう。しかし、紫耀は涼しい顔のままふり向いた。

「駒がそろったようですよ、お義父様《とうさま》」

微笑むと、博宇は怪訝《けげん》そうに顔をしかめた。

紫耀は説明してやることにする。

「南の城門で、民衆の暴動がありましたね」

紫耀は人を使い、会試を受験する学生から金符を奪えば、高く買い取るという情報を貧民街に流した。狙いどおりに情報は伝播《でんぱ》し、多くの者を動かすのに成功する。皇帝が早々に指揮を執ったおかげで、死傷者も最低限で終息してしまったが、問題はそこではない。

朱燐という学生から金符を奪うためだけに、このような暴動を起こす必要はなかった。

紫耀の狙いは別にある。

大仰に両手を広げ、唇だけに笑みを描いた。

「禁軍の注意が、しばらく市中の鎮圧に向きました。事後処理や見回りの強化も含めると、かなりの時間が稼げましたよ」

ここまで言っても、博宇には顚末がわからないようだ。なので、もう少し補足しておく必要があった。

呑み込みが悪い。紫耀は無意識のうちに、とん、とん、と指先で旋律を刻みはじめた。いくらか気分が紛れる。

「おかげで、各地諸侯の挙兵を悟られずに済みました。いつでも梅安を包囲できますよ」

故意に博宇の計画を漏洩《ろうえい》し、囮に使った事実は伏せておいてもいいだろう。

紫耀があまりにも事もなげに告げたためか、博宇は口を半開きにして呆《ほう》けていた。

さきほどまで激怒していたのに、感情が上手く切り替わらないようだ。

「私の知らぬ間に動きよって……」

やがて博宇は声をしぼり出す。しかし、そこに紫耀を責める色はない。むしろ、褒め称《たた》える素振りであった。

「素晴らしいではないか。紫耀——いや、哉鳴《さいめい》」

気に入っていただけたようだ。

紫耀はわずかに唇だけを綻ばせた。

「やはり、お前にこそ玉座は相応しいな」

玉座に座らせた傀儡《かいらい》を操りたいだけだろう。だが、そういう男にも使い道はあるものだ。

駒は捨てず、動かす。

窓の向こうから、金木犀の甘い香りが漂っていた。

## 本書のプロフィール

本書は書き下ろしです。

小学館文庫

# 大阪《おおさか》マダム、後宮妃《こうきゅうひ》になる！

## 四題目《よんだいめ》は銀朱科挙立志編《ぎんしゅかきょりっしへん》

著者　田井《たい》ノエル

二〇二二年六月十二日　初版第一刷発行

発行人　石川和男
発行所　株式会社　小学館
〒一〇一-八〇〇一
東京都千代田区一ツ橋二-三-一
電話　編集〇三-三二三〇-五六一六
販売〇三-五二八一-三五五五
印刷所――――凸版印刷株式会社



この文庫の詳しい内容はインターネットで24時間ご覧になれます。
小学館公式ホームページ　http://www.shogakukan.co.jp



ISBN978-4-09-407156-6